U0572523

陶靖節集

[晉] 陶淵明 撰　[明] 凌濛初 輯評

文物出版社

圖書在版編目(CIP)數據

陶靖節集 / (晉) 陶淵明撰 ; (明) 凌濛初輯評. -- 北京 : 文物出版社, 2020.7
(拾瑶叢書 / 鄧占平主編)
ISBN 978-7-5010-6449-6

Ⅰ. ①陶… Ⅱ. ①陶… ②凌… Ⅲ. ①中國文學 - 古典文學 - 作品綜合集 - 東晉時代 Ⅳ. ①I213.722

中國版本圖書館CIP數據核字(2019)第275239號

陶靖節集 〔晉〕陶淵明　撰　〔明〕凌濛初　輯評

主　　編：鄧占平
策　　劃：尚論聰　楊麗麗
責任編輯：李縉雲　劉良函
責任印製：張　麗

出版發行：文物出版社
社　　址：北京市東直門内北小街2號樓
郵　　編：100007
網　　址：http://www.wenwu.com
郵　　箱：web@wenwu.com
經　　銷：新華書店
印　　刷：藝堂印刷（天津）有限公司
開　　本：710mm × 1000mm　1/16
印　　張：13.25
版　　次：2020年7月第1版
印　　次：2020年7月第1次印刷
書　　號：ISBN 978-7-5010-6449-6
定　　價：95.00圓

前言

陶淵明（三六五—四二七），字元亮，又名潛。潯陽柴桑（今江西九江）人。其曾祖陶侃，東晋名將，勛業顯赫，但陶淵明年幼時已家道中落。陶淵明曾任江州祭酒，建威參軍，鎮軍參軍，彭澤縣令等，後弃官歸隱，開始了幽居耕讀的生活。去世後，友人私謚『靖節』，世稱『靖節先生』。

縱觀中國文學史，陶淵明及其詩文作品已經成爲一個文化符號，被後世文人學者傾慕效仿。其實，陶淵明的詩在南北朝時影響并不大。劉勰著《文心雕龍》對陶淵明只字未提，鍾嶸《詩品》僅將其詩列爲中品。只有梁昭明太子蕭統對陶淵明推崇備至，著《文選》時收録陶淵明詩文十餘首，并編寫陶集，爲其作序立傳。蕭統對陶淵明的高度評價，爲確立陶淵明在文學史上的地位奠定了基礎。蕭統本在南宋末年已亡佚，但出於對陶淵明作品的推崇，歷代文人對陶集多有整理發微，且傳承有緒，陶淵明的詩文作品得以完整地流傳至今。

此部《陶靖節集》卷首有焦竑撰《陶靖節先生集序》，文中提到友人贈予焦竑一部宋刻陶集，篇目編次與蕭統本相同。焦竑認爲此宋刻陶集最接近蕭統本原貌，極爲珍貴，便授予新安人吴汝紀於明萬曆三十一年（一六〇三）重刻此本，廣爲流布。吴興凌濛初把陶淵明、韋應物二人的集子合爲一編，以朱墨二色套印出版《陶韋合集》，即是以焦竑本爲底本。之後，凌濛初族侄凌南榮又將合集中的陶集單行刻印。

此次影印出版的版本即爲凌南榮刊刻的朱墨套印本《陶靖節集》。是書半頁八行，行十八字，四周單邊，無界行。正文爲仿宋大字，凌濛初輯選的宋人評注采用朱紅色楷體小字套印於天頭位置。這也是閔凌氏套印本的常用版式風格。閔氏、凌氏爲吴興望族，套版印刷世家。閔凌兩家大興雕版套印技術，使得明末出現了很多精美悦目的書籍，大受時人追捧。明代學者陳繼儒曾言：『吴興朱評書籍出，無問貧富，垂涎購之。』此部朱墨套印本《陶靖節集》雖不是最早最好的版本，但朱墨燦然，賞心悦目，爲世人留下了一部樣貌獨特的陶集。

此部《陶靖節集》卷首有蕭統編陶集時所撰《陶淵明傳》和《陶靖節先生集序》及陶淵明摯友顔延年所撰《靖節徵士誄》。全書共八卷，收録四言詩九首，五言詩一百一十七首，賦辭三首，記傳贊述十八首，疏祭文四首。其中，卷五第一筒頁缺半面。北齊陽休之在《陶潛集序録》中提到：『蕭統所撰八卷，合序目傳誄，而少《五孝傳》及《四八目》，然編録有體，次第可尋。』此部套印本中『序目傳誄』俱全，且補入《五孝傳》，僅缺《四八目》（即《集聖賢群輔録》）。可見，此本基本收録了陶淵明全部詩文作品，可一覽陶淵明詩文全貌。

陶詩在詩歌史上具有開創性意義：他開田園詩之先河，崇尚自然，寄意田園，豁達灑脱的人生態度和立志守節的志士風骨令後人追慕；他是中國山水隱逸詩歌之宗，筆下的『桃花源』成爲歷代文人向往的精神樂土；他是第一個大量寫飲酒詩的詩人，以『醉人』的語態揭露世態炎涼，表露不願屈身逢迎的志趣。蘇軾評價陶詩『質而實綺，癯而實腴』，其筆調疏淡却意蘊深遠的詩風對後世影響深遠。

陶淵明生逢亂世，筆下描繪出的情景却是那般清净美好，那是作者淡泊的心境與自然和諧相融使然。讓我們遠離現實的喧囂與繁雜，以純净之心走進陶詩中那不事雕琢、物我兩忘的獨特意境，去感悟自然的真意和生命的美好。

中國國家圖書館　陳紅彦

二〇一九年十月

陶靖節先生集序

古者賢士之詠歎思歸之悲嗟不爲詩情動於中而言以導之所謂詩言志也後世摛詞者離其性而自托於人僞以爭須臾之譽於是詩道日微余觀漢魏以逮六朝作者

蝟起能道其中之所欲言者阮步兵左太冲張景陽陶靖節四人而已靖節先生人品最高平生任真推分忘懷得失每念其人輒慨然有天際真人之想若夫微衷雅抱觸而成之或因拙以得工或發奇而似

易碍之嶺玉淵珠光采自露先生不知也其巧華疏彩會意關胸臆者當畏日談笑梁昭明太子嘗手葺為編序而傳之歲久頗為後人所亂其改竄有什居二三竊疑其謬而絕意善本是正頃友人

偶以宋刻見遺乞聖賢羣輔于目

篇次正与昭明集本脗合中与今

本異者不啻數十處凡嚮所疑

渙然冰釋此秇林之一快也吳君

甫得即語余陶集得此幸不為妄

甫所汩沒盍刻而廣之余乃以授甫

卿而并道其始末如此甫卿名汝紀新安人今卜築金陵觀其所好可以知其人焉

萬曆癸卯秋瑯琊焦竑書

陶靖節先生集序

梁昭明太子統撰

夫自衒自媒者。士女之醜行。不忮不求者。明達之用心。是以聖人韜光。賢人遁世。其故何也。含德之至。莫踰於道。親己之切。無重於身。故道存而身安。道亡而身害。處百齡之內。居一世之中。倏忽比之白駒。寄遇謂之逆旅。宜乎與大塊而盈虛。隨中和而任放。豈能戚戚勞於憂畏。汲汲役於人間。齊謳趙女之娛。八珍九鼎之食。結駟連騎之榮。侈袂執圭之貴。樂既樂矣。憂亦隨之。何倚伏之難量。亦慶弔之相及。智者賢人。居之甚履薄冰。愚夫貪士。競之若洩尾閭。玉之在山。以見珍而終破。蘭之生谷。雖無人而自芳。故莊周垂釣於濠。伯成躬耕於野。或貨海東之藥草。或紡江南之落毛。譬彼鴛雛。豈競鳶鴟之肉。猶斯雜縣。寧勞文仲之牲。至于子常甯喜之倫。蘇

秦衛鞅之匹、死之而不疑、甘之、而不悔主父偃
言生不五鼎食、死則五鼎烹。卒如其言、豈不痛
哉。又楚子觀周、受折於孫滿。霍侯驂乘。禍起於
負芒。饕餮之徒。其流甚衆。唐堯四海之主、而有
汾陽之心。子晉天下之儲、而有洛濱之志。輕之
若脫屣、視之若鴻毛。而況於他人乎。是以至人
達士因以晦迹。或懷釐而謁帝。或被褐而負薪。
鼓枻清潭、棄機漢曲。情不在於衆事。寄衆事以

怠情者也。有疑陶淵明詩。篇篇有酒。吾觀其意不在酒。亦寄酒爲迹者也。其文章不羣。辭彩精拔。跌宕昭彰。獨超衆類。抑揚爽朗。莫之與京。横素波而傍流。干青雲而直上。語時事。則指而可想。論懷抱。則曠而且真。加以貞志不休。安道苦節。不以躬耕爲耻。不以無財爲病。自非大賢篤志。與道汙隆。孰能如此乎。余素愛其文。不能釋手。尚想其德。恨不同時。故加搜校。粗爲區目。白

蘇東坡曰淵明作閑情賦所謂國風好色而不淫正使不及周南與屈宋所陳何異而統大譏之此乃小兒强作解事者

璧微瑕。惟在閑情一賦。楊雄所謂勸百而諷一者。卒無諷諫。何足搖其筆端。惜哉亡是可也。并粗點定其傳。編之于録。嘗謂有能觀淵明之文者。馳競之情遣。鄙吝之意袪。貪夫可以廉。懦夫可以立。豈止仁義可蹈。抑乃爵祿可辭。不必傍游泰華。遠求柱史。此亦有助於風教也

陶淵明傳

昭明太子撰

陶淵明字元亮或云潛字淵明潯陽柴桑人也曾祖侃晉大司馬淵明少有高趣博學善屬文頴脱不羣任眞自得嘗著五柳先生傳以自況曰先生不知何許人也亦不詳姓字宅邊有五柳樹因以爲號焉閑靜少言不慕榮利好讀書不求甚解每有會意欣然忘食性嗜酒而家貧

不能恒得親舊知其如此或置酒招之造飲輒盡期在必醉既醉而退曾不悋情去留環堵蕭然不蔽風日短褐穿結簞瓢屢空晏如也嘗著文章自娛頗示己志忘懷得失以此自終時人謂之實録親老家貧起爲州祭酒不堪吏職少日自解歸州召主簿不就躬耕自資遂抱羸疾江州刺史檀道濟往候之偃卧瘠餒有日矣道濟謂曰賢者處世天下無道則隱有道則至今

子生文明之世奈何自苦如此對曰潛也何敢望賢志不及也道濟饋以粱肉麾而去之後爲鎮軍建威參軍謂親朋曰聊欲絃歌以爲三徑之資可乎執事者聞之以爲彭澤令不以家累自隨送一力給其子書曰汝旦夕之費自給爲難今遣此力助汝薪水之勞此亦人子也可善遇之公田悉令吏種秫曰吾常得醉於酒足矣妻子固請種秔乃使二頃五十畝種秫五十畝

種粳歲終會郡遣督郵至縣吏請曰應束帶見之淵明歎曰我豈能爲五斗米折腰向鄉里小兒即日解綬去職賦歸去來徵著作郎不就江州刺史王弘欲識之不能致也淵明嘗往廬山弘命淵明故人龐通之齎酒具於半道栗里之間邀之淵明有脚疾使一門生二兒舁籃輿既至欣然便共飲酌俄頃弘至亦無迕也先是顏延之爲劉柳後軍功曹在潯陽與淵明情款後

為如安郡經過潯陽淵明飲焉每往必酣
飲致醉弘又邀延之坐彌日不得延之臨去留
二萬錢與淵明淵明悉遣送酒家稍就取酒嘗
九月九日出宅邊菊叢中坐久之滿手把菊忽
值弘送酒至即便就酌醉而歸淵明不解音律
而蓄無絃琴一張每酒適輒撫弄以寄其意貴
賤造之者有酒輒設淵明若先醉便語客我醉
欲眠卿可去其真率如此郡將常候之值其釀

熟取頭上葛巾漉酒漉畢還復著之時周續之入廬山事釋惠遠彭城劉遺民亦遁迹匡山淵明又不應徵命謂之潯陽三隱後刺史檀韶苦請續之出州與學士祖企謝景夷三人共在城北講禮加以讐校所住公廨近於馬隊是故淵明示其詩云周生述孔業祖謝響然臻馬隊非講肆校書亦已勤其妻翟氏亦能安勤苦與其同志自以曾祖晉世宰輔恥復屈身後代自宋

高祖王業漸隆。不復肯仕。元嘉四年。將復徵命。
會卒。時年六十三。世號靖節先生。

靖節徵士誄

宋金紫光祿大夫贈特進顏延年撰

夫璿玉致美。不爲池隍之寶。桂椒信芳。而非園林之實。豈其樂深而好遠哉。蓋云殊性而已。故無足而至者。物之藉也。隨踵而立者。人之薄也。若乃巢由之抗行。之峻節。故已父老堯禹。錙銖周漢。而緜世寖遠。光靈不屬。至使菁華隱没芳流歇絶。不亦惜乎。雖今之作者。人自爲量。

而首路同塵輟塗殊軌者多矣豈所以昭末景泛餘波乎有晉徵士潯陽陶淵明南岳之幽居者也弱不好弄長實素心學非稱師文取指達在衆不失其寡處言每見其默少而貧苦居無僕妾井臼弗任藜菽不給母老子幼就養勤匱遠惟田生致親之議追悟毛子捧檄之懷初辭州府三命後爲彭澤令道不偶物棄官從好遂乃解體世紛結志區外定迹深棲於是乎遂灌

畦鬻蔬為供魚菽之祭織絇緯蕭以充糧粒之
費心好異書性樂酒德簡棄煩促就成省曠殆
所謂國爵屏貴家人忘貧者與有詔徵著作郎
稱疾不赴春秋（一作若干）六十有三元嘉四年月日卒於
潯陽縣之某里近識悲悼遠士傷情冥默福應
嗚呼淑貞夫實以誄華名由謚高苟允德義貴
賤何筭焉若其寬樂令終之美好廉克己之操
有合謚典無愆前志故詢諸友好宜謚曰靖節

徵士其詞曰

物尚孤生人固介立豈伊時遘曷云世及嗟乎若士望古遜集韜此洪族蔑彼名級睦親之行至自非敦然諾之信重於布言廉深簡潔貞夷粹溫和而能峻（一作[illegible]）博而不繁依世尚同詭時（一作違理）則異有一於此而兩黙置豈若夫子因心違事畏榮好古薄身厚志世霸虛禮州壤推風孝惟義養道必懷邦人之秉彝不隘不恭爵同下士祿等

上農度量難鈞進退可限長卿棄官稚賓自免
子之悟之何悟之辯賦辭歸來高蹈獨善亦既
超曠無適非心汲流舊巘葺宇家林晨煙暮靄
春煦秋陰陳書綴卷置酒絃琴居備勤儉躬兼
貧病人否其憂子然其命隱約就閑遷延辭聘
非直也明（一作明非）是惟道性糾纏斡流冥漠報施孰云
與仁實疑明智謂天蓋高胡諐斯義履信曷憑
思順何寘年在中身疢病𤸎疾視化如歸臨凶

若吉。藥劑弗嘗。禱祠非恤。傃幽告終。懷和長畢。嗚呼哀哉。敬述清節。式遵遺占。存不願豐。沒無求贍。省訃却賻。輕哀薄斂。遭壤以穿。旋葬而窆。嗚呼哀哉。深心追往。遠情逐化。自爾介居。及我多暇。伊好之洽。接閻鄰舍。宵盤晝憩。非舟非駕。念昔宴私。舉觴相誨。獨正者危。至方則礙。哲人卷舒。布在前載。取鑑不遠。吾規子佩。爾實愀然中言而發。違衆速尤。迕風先蹶。身才非實。榮聲有歇。徽音永矣。誰箴余闕。嗚呼哀哉。仁焉而終。
智焉而斃。黔婁既没。展禽亦逝。其在先生同塵
往世。旌此靖節。加彼康惠。嗚呼哀哉。

陶靖節集目録

卷之一

詩四言

卷之二

詩五言

於王撫軍座送客

別殷晉安并序

贈羊長史并序

和張常侍

和胡西曹示顧賊曹

悲從弟仲德

卷之三

詩五言

始作鎭軍叅軍經曲阿

庚子歲五月中從都還阻風二首

辛丑歲七月赴假還江陵

癸卯歲始春懷古田舍二首

癸卯十二月中作與從弟敬遠

乙巳歲三月使都經錢溪

還舊居

戊申歲六月遇火

蜡日

四時

卷之四

詩五言

擬古九首

雜詩十二首

詠貧士七首

詠二疎

止

卷之五

卷之六

記傳贊述十三首

讀史述九章

卷之七

卷之八

附録

陶靖節傳　昭明太子撰

陶靖節集序　昭明太子撰

高元之曰以停雲名篇乃周詩六義二曰賦四曰興之遺意也

劉後村曰四言自曹氏父子王仲宣陸士衡後惟陶公最高停雲榮木等篇殆突過建安矣

陶靖節集卷之一

詩四言

停雲并序

停雲。思親友也。罇酒新湛。園列初榮。願言不從。歎息彌襟。

靄靄停雲。濛濛時雨。八表同昏。平路伊阻。靜寄東軒。春醪獨撫。良朋悠邈。搔首延佇。

停雲靄靄。時雨濛濛。八表同昏。平陸成江。有酒有酒閒飲東窓。願言懷人。舟車靡從。

東園之樹。枝條再榮。（一作競用新好非）競朋親好。以（一作招非）怡余情。人亦有言。日月于征。安得促席。說彼平生。翩翩飛鳥。息我庭柯。斂翮閒止。好聲相和。豈無他人。念子寔多。願言不獲。抱恨如何。

時運 并序

時運。游暮春也。春服既成。景物斯和。偶影獨游。欣慨交心

湯東澗曰閒詠以歸我愛其靜靜之為言謂其與外邈也亦庶乎知浴沂者之心矣

邁邁時運。穆穆良朝。襲我春服。薄言東郊。山滌餘靄。一作宇曖微霄非餘靄微消。有風自南。翼彼新苗。

洋洋平津。乃漱乃濯。邈邈遐景。載欣載矚。人亦一作稱心而言人亦易足非有言。稱心易足。揮茲一觴。陶然自樂。

延目中流。悠悠清沂。童冠齊業。閒詠以歸。我愛其靜。寤寐交揮。但恨殊世。邈不可追。斯晨斯夕。言息其廬。花藥分列。林竹翳如。清琴橫床。濁酒半壺。黃唐莫逮。慨獨在余。

或曰志當作忘
荀子功在不舍
詩一醉日富蓋

榮木 并序

榮木。念將老也。日月推遷。已復有夏。總角聞道。白首無成。

采采榮木。結根于茲。晨耀其華。夕已喪之。人生若寄。顦顇有時。靜言孔念。中心悵而。

采采榮木。于茲托根。繁華朝起。慨暮不存。貞脆由人。禍福無門。匪道曷依。匪善奚敦。

嗟予小子。禀茲固陋。徂年既流。業不增舊。志彼

下訖其慶學而樂飲云爾

趙泉山曰晉元興三年劉敬宣鎮潯陽辟靖節參其軍事侍靖節年四十故云謂當年施經濟之略當繼其遺時不就檜以根復宗謂爲己任乎出十載卒屈于戎幕佐吏處是志不獲騁而良圖弗集明年决策歸休矣

不舍安此日富我之懷矣怛焉内疚

先師遺訓余豈云墜四十無聞斯不足畏脂我

名車一作轄非策我名驥千里雖遥孰敢不至

贈長沙公族祖并序

長沙公於余爲族祖一作余于長沙公爲族張演曰族字斷句不稱爲祖同出大司馬昭穆

既遠已爲路人經過潯陽臨别贈此

同源分流人易世踈慨然寤歎念茲厥初禮服

遂悠歲往月徂感彼行路眷然躊躇

於穆令族，允構斯堂。（一作孫非）諧氣冬暄，（一作晴非）映懷圭璋。爰采
春花，載警秋霜。我曰欽哉，實宗之光。
伊余云遘，在長忘同。笑言未久，逝焉西東。遙遙
三湘，滔滔九江。山川阻遠，行李時通。
何以寫心，貽此話言。進簣雖微，終焉為山。敬哉
離人，臨路悽然。款襟或遼，音問其先。

酬丁柴桑

有客有客，爰來爰止。秉直司聰，于惠百里。飡勝

如歸矜（一作聆音）善若始。

匪惟也諧（一作諧也）。屢有良游（一作淵求）。載言載眺。以寫我憂。放歡一遇。既醉還休。寔欣心期。方從我遊。

答龐參軍 并序

龐爲衛軍參軍。從江陵使上都。過潯陽見贈。

衡門之下。有琴有書。載彈載詠。爰得我娛。豈無他好。樂是幽居。朝爲灌園。夕偃蓬廬。

人之所寶。尚或未珍。不有同好。云胡以親。我求
良友。寔覯懷人。懽心孔洽。棟宇惟鄰。
伊余懷人。欣德孜孜。我有旨酒。與汝樂之。乃陳
好言。乃著新詩。一日不見。如何不思。
嘉遊未斁。誓將離分。送爾于路。銜觴無欣。依依
舊楚。邈邈西雲。之子之遠。良話曷聞。
昔我云別。倉庚載鳴。今也遇之。霰雪飄零。大藩
有命。作使上京。豈忘宴安。王事靡寧。

憭憭寒日。肅肅其風。翩彼方舟。容裔江中。勗哉征人。在始思終。敬茲良辰。以保爾躬。

勸農

悠悠上古。厥初生人。傲然自足。抱朴含眞。智巧既萌。資待靡因。誰其贍之。實賴哲人。

哲人伊何。時爲后稷。贍之伊何。實曰播殖。舜既躬耕。禹亦稼穡。遠若周典。八政始食。

熙熙令音。猗猗原陸。卉木繁榮。和風清穆。紛紛士女趨時。競逐桑婦。宵征農夫。野宿。

氣節易過。和澤難久。冀缺攜儷。沮溺結耦。相彼

賢達。猶勤壟畝。矧伊衆庶。曳裾拱手。

民生在勤。勤則不匱。宴安自逸。歲暮奚冀。儋石

不儲。飢寒交至。顧爾儔列。能不懷愧。

孔耽道德。樊須是鄙。董樂琴書。田園不履。若能

超然。投迹高軌。敢不斂衽。敬讚德美。

命子

張縯曰先生高蹈獨善宅志超曠視世事無可芥其衷者獨於諸子拳拳訓誨有命子詩有責子詩有告儼等疏先生既學積於躬薄取于世宜有興者而六代之際迄無所聞此亦先生所謂天道幽且遠鬼神茫昧然者也

又曰杜子美譏先生云有子賢與愚何其掛懷抱此固以文為戲耳驥子如男

悠悠我祖。爰自陶唐。邈為虞賓。歷世重光。御龍勤夏。豕韋翼商。穆穆司徒。厥族以昌。

紛紛戰國。漠漠衰周。鳳隱於林。幽人在丘。逸虯虯作蛇非遶雲。奔鯨駭流。天集有漢。眷予愍侯。

於赫愍侯。運當攀龍。撫劍夙一作風非邁。顯茲武功。書誓山河。啟土開封。亹亹丞相。允迪前蹤。

渾渾長源。蔚蔚洪柯。羣川載導。衆條載羅。時有語默。運因隆窊。在我中晉。業融長沙。

也以是賴子美譽兒亦豈不可哉

趙泉山曰靖節之父史逸其名惟載于陶茂麟家譜而其行事亦無從考見惟命子詩曰於皇仁考云云其父子風規蓋相類

桓桓長沙。伊勳伊德。天子疇我。專征南國。功遂辭歸。臨寵不忒。孰謂斯心。而近可得。

肅矣我祖。慎終如始。直方二臺。惠和千里。於皇仁考。淡焉虛止。寄迹風雲。冥茲慍喜。

嗟余寡陋。瞻望弗及。顧慚華鬢。負影隻立。三千之罪。（一作無須其急非）無後爲急。我誠念哉。呱聞爾泣。

卜云嘉日。占亦良時。名汝曰儼。字汝求思。溫恭朝夕。念茲在茲。尚想孔伋。庶其企而

厲夜生子。遽而求火。凡百有心。奚特於我。既見

其生。實欲其可。人亦有言。斯情無假。

日居月諸。漸免于孩。福不虛至。禍亦易來。夙興

夜寐。願爾斯才。爾之不才。亦已焉哉。

歸鳥

翼翼歸鳥。晨去于林。遠之八表。近憩雲岑。和風

不洽。翻翮求心。顧儔相鳴。景庇清陰。

翼翼歸鳥。載翔載飛。雖不懷游。見林情依。遇雲

頡頏相鳴。而歸。遐路誠悠。性愛無遺。

翼翼歸鳥。馴林徘徊。豈思天路。欣及舊棲。雖無昔侶。衆聲每諧。日夕氣清。悠然其懷。

翼翼歸鳥。戢羽寒條。游不曠林。宿則森標。晨風清興。好音時交。矰繳奚施。已卷安勞。

陶靖節集卷之一 終

陶靖節集卷之二

詩五首

形影神三首并序

貴賤賢愚莫不營營以惜生斯甚惑焉故極陳形影之苦言神辨自然以釋之好事君子共取其心焉

形贈影

天地長不沒山川無改時草木得常理霜露榮一作惟悴

悴之謂人最靈智獨復不如茲適見在世中奄
去靡歸期奚覺無一人親識豈相思但餘平生
物舉目情悽洏我無騰化術必爾不復疑願君
取吾言得酒莫苟辭

影荅形

存生不可言衛生每苦拙誠願游崑華邈然茲
道絕與子相遇來未嘗異悲悅憩蔭若暫乖止
日終不別此同既難常黯爾俱時滅身沒名亦

盡念之五情熱。立善有遺愛。胡爲不自竭。酒云能消憂。方此詎不劣。

神釋

大鈞無私力。萬理自森著。人爲三才中。豈不以我故。與君雖異物。生而相依附。結託善惡同。安得不相語。三皇大聖人。今復在何處。彭祖愛永一作壽非年。欲留不得住。老少同一死。賢愚無復數。日醉或能忘。將非促齡具。立善常所欣。誰當爲汝譽

思悅曰古詩云人生不滿百常懷千歲憂而淵明以五字盡之曰世短意常多東坡曰意長日以促則倒轉陶

甚念傷吾生正宜委運去縱浪大化中不喜亦不懼應盡便須盡無復獨多慮

九日閑居并序

余閑居愛重九之名秋菊盈園而持醪靡由空服九華寄懷於言

世短意常多斯人樂久生日月依辰至舉俗愛其名露凄暄風息氣澈天象明往鷰無遺影來鴈有餘聲酒能袪百慮菊解制頹齡如何蓬廬

冷齋夜話曰東坡嘗云淵明詩初視若散緩熟視有奇趣如曰曖曖遠人村云云又曰採菊東籬下悠然見南山大率才高意遠則所寓得其妙遂能如此如

士空視時運傾。塵爵耻虚罍。寒華徒自榮。斂襟獨閑謡。緬焉起深情。棲遲固多娛。淹留豈無成。

歸園田居五首

其一

少無適俗韻。性本愛丘山。誤落塵網中。一去三十年。羈鳥戀舊林。池魚思故淵。開荒南野際。一作畝非守拙歸園田。方宅十餘畝。草屋八九間。榆柳蔭後簷。一作園非桃李羅堂前。曖曖遠人村。依依墟里煙。狗吠

大匠運斤無斧鑿痕不知者則疲精力至死不悟

深巷中雞鳴桑樹巔戶庭無塵雜虛室有餘閑久在樊籠裏復得返自然

其二

野外罕人事窮巷寡輪鞅白日掩荆扉虛室絕(一作對酒)塵想時復墟曲中(一作墟里人)披草(一作衣)共來往相見無雜言但道桑麻長桑麻日已長我土日已廣常恐霜霰至零落同草莽

其三

蘇東坡曰以夕露沾衣之故而違願者多矣

種豆南山下。草盛豆苗稀。晨興理荒穢。帶月荷鋤歸。道狹草木長。夕露沾我衣。衣沾不足惜。但使願無違。

其四

久去山澤游。浪莽林野娛。試携子姪輩。披榛步荒墟。徘徊丘壠間。依依昔人居。井竈有遺處。桑（一作樹）竹殘朽株。（一本殘根株殊）借問採薪者。此人皆焉如。薪者向我言。死沒無復餘。一世異朝市。此語眞不虛。人生

西清詩話曰此篇獨南唐與晁文元家二本有之晁東澗曰此蓋

似幻化終當歸(一作虛非)空無

其五

悵恨獨策還崎嶇歷榛曲山澗清且淺可以濯(一作濯非)吾足漉我新熟酒隻雞招近屬(一作局非)日入室中闇荊薪代明燭歡來苦夕短已復至天旭

問來使

爾從山中來早晚發天目我屋南窗下今生幾叢菊薔薇葉已抽秋蘭氣當馥歸去來山中山

晚唐人因太白感秋詩而偽爲之

中酒應熟

遊斜川 并序

辛丑正月五日天氣澄和風物閑美與二三鄰曲同遊斜川臨長流望曾城魴鯉躍鱗於將夕水鷗乘和以翻飛彼南阜者名實舊矣不復乃爲嗟歎若夫曾城傍無依接獨秀中皐遙想靈山有愛嘉名欣對不足率爾賦詩悲日月之遂

悵悼吾年之不留。各疏年紀鄉里，以記其時日。

開歲倏五十（一作日非），吾生行歸休。念之動中懷，及辰為茲游。氣和天惟澄，班坐依遠流。弱湍馳文魴，閑谷矯鳴鷗。迥澤散游目，緬然睇曾丘。雖微九重秀，顧瞻無匹儔。提壺接賓侶，引滿更獻酬。未知從今去，當復如此否。中觴縱遙情，忘彼千載憂。且極今朝樂，明日非所求。

趙泉山曰靖節不事覲謁惟至田舍及廬山游覌舍是無他適續之自社主遠公順寂之後雖隱居廬山而州將每相招引頗從之游世號通隱是以詩中引甚頹之事微譏之

蘇東坡曰淵明得一食至欲以冥謝主人哀哉

示周續之祖企謝景夷三郎

負痾頹簷下。終日無一欣。藥石有時閑。念我意中人。相去不尋常。道路邈（一作緬非）何因。周生述孔業。祖謝響然臻。道喪向千載。今朝復斯聞。馬隊非講肆。校書亦已勤。老夫有所愛。思與爾爲鄰。願言誨諸子。從我潁水濱。

乞食

饑來驅我去。不知竟何之。行行至斯里。叩門拙

哀哉此大類丐者口頰也非獨余哀之舉世莫不哀之也饑寒常在身前功名常在身後二者不相待此士之所以窮也

言辭。主人解余意。遺贈豈虛來。談話終日夕。觴至輒傾盃。情欣新知歡。言詠遂賦詩。感子漂母惠。愧我非韓才。銜戢知何謝。冥報以相貽。

諸人共遊周家墓栢下

今日天氣佳。清吹與鳴彈。感彼栢下人。安得不爲歡。清歌散新聲。綠酒開芳顏。未知明日事。余襟良已殫。

怨詩楚調示龐主簿鄧治中

蔡邕曰琴之操美約五百餘名多緣古人幽憤不得志而作也今引子期知音事而命篇曰怨詩楚調庸非度調爲辭歌被絃歟乎

趙泉山曰集中惟此詩歷叙平素多艱如此而一言一字率直致而務紀實也

天道幽且遠。鬼神茫昧然。結髮念善事。僶俛六九年。弱冠逢世阻。始室喪其偏。炎火屢焚如。螟蜮恣中田。風雨縱橫至。收斂不盈廛。夏日抱長（一作長抱）饑。寒夜無被眠。造夕思鷄鳴。及晨願烏遷。在巳何怨天。離憂悽目前。吁嗟身後名。於我若浮煙。慷慨獨悲歌。鍾期信爲賢。

答龐參軍 并序

三復來貺。欲罷不能。自爾鄰曲。冬。春再

交款然良對忽成舊游俗諺云數面成親舊況情過此者乎人事好乖便當語離楊公所歎豈惟常悲吾抱疾多年不復爲文本既不豐復老病繼之輒依周孔徃復之義且爲別後相思之資

相知何必舊傾盖定前言有客賞我趣每每顧林園談諧無俗調所說聖人篇或有數斗酒閑飲自歡然我實幽居士無復東西緣物新人惟

舊。弱毫多所宣。情通萬里外。形跡滯江山。君其愛體素。來會在何年。

五月旦作和戴主簿

虛舟縱逸棹。回復遂無窮。發歲若俛仰。星紀奄將中。（一作南窻罕悴物非）明兩萃時物。北林榮且豐。神淵寫時雨。晨色奏景風。既來孰不去。人理固有終。居常待其盡。曲肱豈傷沖。遷化或夷險。肆志無窊隆。即事如已高。何必升華嵩。

趙泉山曰按晋傳靖節未嘗有喜愠之色惟遇酒則飲或無酒亦雅詠不輟飲酒詩獨飲詩此酒中實際理地也豈狂藥昏酗之語

連雨獨飲

運生會歸盡、終古謂之然。世間有松喬。於今定何間、故老贈余酒。乃言飲得仙。試酌百情遠。重觴忽忘天。天豈去此哉。任真無所先。雲鶴有奇翼。八表須臾還。自我抱茲獨。僶俛四十年、形骸久已化。心在復何言。

移居二首

其一

昔欲居南村。非爲卜其宅。聞多素心人。樂與數晨夕。懷此頗有年。今日從茲役。弊廬何必廣。取足蔽床席。鄰曲時時來。抗言談在昔。奇文共欣賞。疑義相與析。

其二

春秋多佳日。登高賦新詩。過門更相呼。有酒斟酌之。農務各自歸。閒暇輒相思。相思則披衣。言笑無厭時。此理將不勝。無爲忽去茲。衣食當須

趙泉山曰谷風四句雖一時之諧謔亦可謂巧於處窮矣以弱女喻酒之醨薄饑則濡枯腸寒則若挾纊曲盡貧士嗜酒之常態

幾力（一作能非）耕不吾欺。

和劉柴桑

山澤久見招，胡事乃躊躇。直爲親舊故，未忍言索居。良辰入奇懷，挈杖還西廬。荒塗無歸人，時時見廢墟。茅茨已就治，新疇復應畬。谷風轉凄薄，春醪解饑劬。弱女雖非男，慰情良勝無。棲棲世中事，歲月共相疎。耕織稱其用，過此奚所須。去去百年外，身名同翳如。

酬劉柴桑

窮居寡人用，時忘四運周。空庭多落葉，慨然已知秋。新葵鬱北牖，嘉穟（一作黍非）養南疇。今我不爲樂，知有來歲不。命室攜童弱，良日登遠遊。

和郭主簿 二首

其一

藹藹堂前林，中夏貯清陰。凱風因時來，回飈開我襟。息交逝閑（一作游閑業非）臥（一作卧非），坐起弄書琴。園蔬有餘滋，舊

穀猶儲今營已良有極過足非所欽春秫作美酒酒熟吾自斟弱子戲我側學語未成音此事眞復樂聊用忘華簪遥遥望白雲懷古一何深

其二

和澤周三春清涼素（一作棄　非）秋節露凝無游氛天高風景澈陵岑聳逸峯遥瞻皆奇絕芳菊開林耀青松冠巖列懷此貞秀姿卓爲霜下傑銜觴念幽人千載撫爾訣檢素不獲展厭厭竟良月

於王撫軍座送客

秋日淒且厲，百卉具已腓。爰以履霜節，登高餞將歸。寒氣冒山澤，游雲倏無依。洲渚思緬邈，風水互乖違。瞻夕欣良讌，離言聿云悲。晨鳥暮來還，懸崖斂餘輝。逝止判殊路，旋駕悵遲遲。一作猶非 目送回舟遠，情隨萬化遺。

與殷晉安別并序

殷先作晉安南府長史掾，因居潯陽，後

作太尉參軍移家東下作此以贈

遊好非久長（一作少非）一遇盡殷勤信宿酬清話益復知爲親去歲家南里薄作少時鄰負杖肆游從淹留忘宵晨語默自殊勢亦知當乖分未謂事已及興言在茲春飄飄西來風悠悠東去雲山川千里外言笑難爲因良才不隱世江湖多賤貧脫有經過便念來存故人

贈羊長史 并序

胡仔曰淵明高風峻節固已無愧於四皓然猶仰慕之足見其好賢尚友之心湯東澗曰天下分裂而中州賢聖之迹不可得而見今九土既一則五帝之所連三王之所爭

左軍羊長史銜使秦川作此與之

愚生三季後慨然念黃虞得知千載外正賴古人書賢聖留餘跡事事在中都豈忘游心目關河不可踰九域甫已一逝將理舟輿聞君當先邁負痾不獲俱路若經商山爲我少躊躇多謝綺與角精爽今何如紫芝誰復採深谷久應蕪駟馬無貰患貧賤有交娛清謡結心曲人乖運見疎擁懷累代下言盡意不舒

宜當首訪而獨多謝于商山之人何哉蓋南北惟合而世代將但當與綺角游耳遠矣深哉

湯東㵎曰陶公不事異代之節與子房五世相韓之義同既不為祖擊震動之舉又時無漢祖者可託以行其志所謂撫已有深懷履運增慨然讀之亦何以深悲其志也矣

歲暮和張常侍

市朝悽舊人。驟驥感悲泉。明旦非今日。歲暮余何言。素顏歛光潤。白髮一已繁。闊哉秦穆談。旅力豈未愆。向夕長風起。寒雲沒西山。厲厲氣遂嚴。紛紛飛鳥還。民生鮮常在。矧伊愁苦纏。屢闕清酤至。無以樂當年。窮通靡攸慮。顦顇由化遷。撫已有深懷。履運增慨然。

和胡西曹示顧賊曹

蕤賓五月中。清朝起南颸。不駛亦不遲。飄飄吹我衣。重雲蔽白日閑雨紛微微。流目視西園。曄曄榮紫葵。於今甚可愛。奈何當復衰。感物願及時。每恨靡所揮。悠悠待秋稼。寥落將賒遲。逸想不可淹。猖狂獨長悲。

悲從弟仲德

銜哀過舊宅。悲淚應心零。借問為誰悲。懷人在九冥。禮服名羣從。恩愛若同生。門前執手時。何

意爾先傾在數竟未免爲山不及成慈母沉哀
痛二胤纔數齡雙位委空館朝夕無哭聲流塵
集虛坐宿草旅前庭階除曠遊迹園林獨餘情
翳然乘化去終天不復形遲遲將回步惻惻悲
襟盈

陶靖節集卷之三終

陶靖節集卷之三

詩五言

始作鎮軍叅軍經曲阿

弱齡寄事外委懷在琴書被褐欣自得屢空常晏如時來苟冥會婉孌（作踠轡）憇通衢投策命晨裝暫與園田踈眇眇孤舟逝緜緜歸思紆我行豈不遥登陟千里餘目倦川塗異心念山澤居望雲慙高鳥臨水愧游魚真想初在襟誰謂形蹟拘

羅景綸曰士豈能長守山林長親蓑笠但居市朝軒冕要使山林蓑笠之念不忘乃為勝耳淵明望雲四句似此胸襟豈為外

聊且憑化遷，終返班生廬。

庚子歲五月中從都還阻風於規林二首

其一

行行循歸路，計日望舊居。一欣侍溫顏，再喜見友于。鼓棹路崎曲，指景限西隅。江山豈不險，歸子念前塗。凱風負我心，戢枻守窮湖。高莽眇無界，夏木獨森踈。誰言客舟遠，近瞻百里餘。延目識南嶺，空歎將焉如。

洪駒父曰：以兄弟為叟于歎後語也。

趙泉山曰二詩皆直叙歸省意

其二

自古歎行役，我今始知之。山川一何曠，巽坎難與期。崩浪聒天響，長風無息時。久游戀所生，如何淹在茲。靜念園林好，人間良可辭。當年詎有幾，縱心復何疑。

辛丑歲七月赴假還江陵夜行塗中

閑居三十載，遂與塵事冥。詩書敦宿好，林園無俗情。如何捨此去，遥遥至南荆。叩枻新秋月，臨

流别友生凉風起將夕夜景湛虛明昭昭天宇
闊皛皛川上平懷役不遑寐中宵尚孤征商歌
非吾事依依在耦耕投冠旋舊墟不爲好爵縈
養真衡茅下庶以善自名

癸卯歲始春懷古田舍二首

其一

在昔聞南畝當年竟未踐屢空既有人春興豈
自免夙晨裝吾駕啟塗情已緬鳥弄歡新節冷

蘇東坡曰平疇二句非古之耦耕植杖者不能道此語非余之世農亦不識此語之妙

風送餘善寒竹被荒蹊地爲罕人遠是以植杖翁悠然不復返即理愧通識所保詎乃淺

其二

先師有遺訓憂道不憂貧瞻望邈難逮轉欲患一作志長勤秉耒歡時務解顏勸農人平疇交遠風良苗亦懷新雖未量歲功即事多所欣耕種有時息行者無問津日入相與歸壺漿勞近鄰長吟掩柴門聊爲隴畝民

羅景綸曰傾耳十字雪之輕虛盡在是矣

癸卯十二月中作與從弟敬遠

寢迹衡門下。邈與世相絶。顧盻莫誰知。荆扉晝常閉。必結切淒淒歲暮風。翳翳經夕雪。一作占非傾耳無希聲。在目皓已潔。一作結勁氣侵襟袖。簞瓢謝屢設。蕭索空宇中。了無一可悅。歷覽千載書。時時見遺烈。高操非所攀。一作深非謬得固窮節。平津苟不由。棲遲詎爲拙。寄意一言外。茲契誰能別。

乙巳歲三月爲建威參軍使都經錢溪

趙泉山曰此詩大旨慶遇安帝光復大業不失舊物也

我不踐斯境歲月好已積晨夕看山川事事悉如昔微雨洗高林清飈矯雲翮眷彼品物存義風都未隔伊余何爲者勉勵從茲役一形似有制素襟不可易園田日夢想安得久離析終懷在歸舟諒哉宜霜柏

還舊居

疇昔家上京六載一作十載去還歸今日始復來惻愴多所悲阡陌不移舊邑屋或時非履歷周故居鄰

老罕復遺步步尋往迹有處特依依流幻百年中寒暑日相推常恐大化盡氣力不及衰撥置且莫念一觴聊可揮

戊申歲六月中遇火

草廬寄窮巷甘以辭華軒正夏長風急林室頓燒燔一宅無遺宇舫舟蔭門前迢迢新秋夕亭亭月將圓果菜始復生驚鳥尚未還中宵竚遙念一盼周九天總髮抱（一作紛非）孤介奄出四十年形迹

憑化往靈府長獨閑貞剛自有質玉石乃非堅

仰想東戶時餘糧宿中田鼓腹無所思朝起暮

歸眠既已不遇茲且遂灌西園

己酉歲九月九日

靡靡秋已夕淒淒風露交蔓草不復榮園木空

自凋清氣澄餘滓杳然天界高哀蟬無留響叢

鴈鳴雲霄萬化相尋繹人生豈不勞從古皆有

沒念之中心焦何以稱我情濁酒且自陶千載

思悅曰觀此詩知靖節辭休居惟躬耕是資故蕭德施曰安道苦節不以躬耕為恥

非所知，聊以永今朝。

庚戌歲九月中於西田穫早稻

人生歸有道，衣食固其端。孰是都不營，而以求自安。開春理常業，歲功聊可觀。晨出肆微勤，日入負耒還。（一作秉非）山中饒霜露，風氣亦先寒。田家豈不苦，弗獲辭此難。四體誠乃疲，庶無異患干。盥濯息簷下，斗酒散襟顏。（一作劬非）遙遙沮溺心，千載乃相關。但願長如此，躬耕非所歎。

萊寬夫曰秦漢已前字書未備既多假借而音無反切平仄皆通用自齊梁後既拘以四聲又限以音韻故士率以偶儷聲病為工文氣安得不卑弱惟淵明韓退之時擺脫俗拘故栖字與乖字皆取其傍韻蓋筆力自足以勝之

丙辰歲八月中於下潠田舍穫

貧居依稼穡（一作事狀）。戮力東林隈。不言春作苦。常恐負所懷。司田眷有秋。寄聲與我諧。饑者歡初飽。束帶候鳴雞。揚楫越平湖。汎隨清壑迴。鬱鬱荒山裏。猨聲閑且哀。悲風愛靜夜。林鳥喜晨開。曰余作此來。三四星火頹。姿年逝已老。其事未云乖。遥謝荷蓧翁。聊得從君棲。

飲酒三十首并序

黄山谷曰首二句是西漢人文章他人多少語言盡得此理

余閑居寡歡兼此夜已長偶有名酒無夕不飲顧影獨盡忽焉復醉既醉之後輙題數句自娛紙墨遂多辭無詮次聊命故人書之以爲歡笑爾

其一

衰榮無定在彼此更共之邵生瓜田中寧似東陵時寒暑有代謝人道每如茲達人解其會逝將不復疑忽與一觴酒日夕歡相持

詩眼曰近世名士作詩云九十行帶索榮公老無依余謂之曰陶詩本非警策因有君詩乃見陶之工或譏余貴耳賤目則為解曰榮啓期事近出列子不言榮公可知九十則老可知行帶索則無依可知五字皆贅也若淵明意謂至于九十猶不免行而帶索則自少壯至于長老其饑寒艱苦宜如此窮士之所以

其二

積善云有報。夷叔在西山。善惡苟不應。何事空立言。九十行帶索。饑一作餓寒況當年。不賴固窮節。百世當誰傳。

其三

道喪向千載。人人惜其情。有酒不肯飲。但顧世間名。所以貴我身。豈不在一生。一生復能幾。倏如流電驚。鼎鼎百年内。持此欲何成。

可悲也與所謂君子於其言無所苟而已矣古人文章必不虛設

趙泉山曰此詩譏切殷景仁顏延年輩附麗于宋

王荊公曰淵明詩有奇絕不可及之語如結廬四句由詩人以來無此句

蘇東坡曰採菊

其四

栖栖失羣鳥。日暮猶獨飛。徘徊無定止。夜夜聲轉悲。厲響思清晨。（作清晰）遠去何所依。（作去來何依依）自值孤生松。斂翮遥來歸。勁風無榮木。此蔭獨不衰。託身已得所。千載不相違。

其五

結廬在人境。而無車馬喧。問君何能爾。心遠地自偏。採菊東籬下。悠然見南山。山氣日夕佳。飛

之次偶然見山初不用而景與意會故可喜也

蔡寬夫曰俗本以見為望字若爾便有褰裳濡足之態矣一字之誤害理如此

定齋曰自南北朝以來菊詩多矣未有能及淵明詩語盡菊之妙如秋菊有佳色他華不足以當此一佳字然終篇寓意高遠

鳥相與還此中有真意欲辯已忘言張九成曰此即淵明獻獻不忘君之意

其六

行止千萬端誰知非與是是非苟相形雷同共譽毀三季多此事達士似不爾咄咄俗中愚且一作惡非當從黃綺

其七 良齋曰秋菊有佳色一語洗盡古今塵俗氣

秋菊有佳色裛露掇其英汎此忘憂物遠我遺世情一觴雖獨一作聊非進杯盡壺自傾日入羣動息歸

皆藉菊而發耳蘇東坡曰靖節以無事為得此生則見役于物者非失此生耶韓子蒼曰古人寄懷於物而無所好然後為達况淵明之真其於黃花直寓意爾至言飲酒適意亦非淵明極致向使無酒但悠然見南山其樂多矣遇酒輒醉醉醒之後豈知有江州太守哉思悅曰趙氏註杜甫宿羌村第

鳥趨林鳴。嘯傲東軒下。聊復得此生。

其八

青松在東園。衆草沒其姿。凝霜殄異類。卓然見高枝。連林人不覺。獨樹衆乃奇。提壺挂寒柯。遠望時復爲。吾生夢幻間。何事紲塵羈。

其九

清晨聞叩門。倒裳往自開。問子爲誰歟。田父有好懷。壺漿遠見候。疑我與時乖。襤縷茅簷下。未

二首云一篇之中賓主既具問答了然可以比淵明此篇

趙泉山曰時輩多勉靖節以出仕故作此篇

趙泉山曰述其爲貧而仕

足爲高栖一世皆尚同願君汩其泥深感父老言禀氣寡所諧紆轡誠可學違己詎非迷且共歡此飲吾駕不可回

其十

在昔曾遠遊直至東海隅道路迥且長風波阻（一作起阻）中塗此行誰使然似爲饑所驅傾身營一飽少許便有餘恐此非名計息駕歸閑居

其十一

蘇東坡曰寶不過軀軀化則寶亡矣人言靖節不知道吾不信也

湯東澗曰顏榮皆非希身後名正以自遂其志耳保千金之軀者亦終歸之盡則裸葬亦未可非也

顏生稱爲仁。榮公言有道。屢空不獲年。長饑至于老。雖留身後名。一生亦枯槁。死去何所知。稱心固爲好。客養千金軀。一作[illegible]臨化消其寶。裸葬何必惡。人當解意表。東澗曰或門前八句言名不足賴後四句言身不足惜淵明解處正在身名之外也

其十二

長公曾一仕。壯節忽失時。杜門不復出。終身與世辭。仲理歸大澤。高風始在茲。一作如非一往便當已。何爲復狐疑。去去當奚道。世俗久相欺。擺落悠悠

湯東澗曰醒者與世計分曉而醉者頽然聽之而已淵明蓋沈冥之逃者故以醒為愚而以兀傲為頴耳

張文潛曰陶元亮雖嗜酒家貧不能常飲酒而況必飲美酒乎其所與飲多田

談請從余所之

其十三

有客常同止趣捨邈異境一士長獨醉一夫終年醒醒醉還相笑發言各不領規規一何愚兀傲差若頴寄言酣中客日没獨何炳（一作燭當秉非）

其十四

故人賞我趣挈壺相與至班荆坐松下數斟已復醉父老雜亂言觴酌失行次不覺知有我安

野樵漁之人班坐林間所以奉身而悦口腹者畧矣

石林詩話曰晉人多言飲酒有至沉醉者此未必意真在酒蓋方時艱人各懼禍惟托于醉可以粗遠世故耳

知物爲貴。悠悠迷所留。酒中有深味。

其十五

貧居乏人工。灌木荒余宅。班班有翔鳥。寂寂無行跡。宇宙何悠悠。（一作何悠非）人生少至百。歲月相從過。（一作催逼步）鬢邊早已白。若不委窮達。素抱深可惜。

其十六

少年罕人事。游好在六經。行行向不惑。淹留遂（一作自）無成。竟抱固窮節。饑寒飽所更。弊廬交悲風。荒湯東澗曰蘭蕙非清風不能別賢者出處之致亦待知者知耳淵明在彭澤日有悵然慷慨深愧平生之語所謂失故路也惟其任道而不牽于俗故卒能回車復路云耳鳥盡弓藏蓋借昔人去國之語以喻己歸田之志

草没前庭披褐守長夜晨鷄不肯鳴。孟公不在兹。終以翳吾情。

其十七

幽蘭生前庭。含薰待清風。清風脱然至。見別蕭艾中。行行失故路。任道或能通覺悟當念還。鳥盡廢良弓。

其十八

子雲性嗜酒。家。貧無由得。時賴好事人。載醪祛

湯東澗曰此篇盡托子雲以自況故以柳下惠事終之

所惑。觴來爲之盡。是諮無不塞。有時不肯言。豈不在伐國。仁者用其心。何嘗失顯默。

其十九

疇昔苦長饑。投耒去學仕。將養不得節。凍餒固纏己。是時向立年。志意多所恥。遂盡介然分。（一作終死非）拂衣歸田里。冉冉星氣流。亭亭復一紀。世路廓悠悠。楊朱（一作止非）所以止。雖無揮金事。濁酒聊可恃。

其二十

湯東澗曰諸老翁似謂漢初伏生諸人退之所謂群儒區區修補者劉韻移太常書亦可見不見所問津蓋渊明自况於沮溺而歎世無孔子徒也

蘇東坡曰此未醉時說也若已醉何暇憂誤哉然世人言醉時是醒時語此最名言

胡仔曰坐止高

羲農去我久舉世少復真汲汲魯中叟彌縫使其淳鳳鳥雖不至禮樂暫得新洙泗輟微響漂流逮狂秦詩書復何罪一朝成灰塵區區諸老翁爲事誠殷勤如何絶世下六籍無一親終日馳車走不見所問津若復不快飲空負頭上巾但恨多謬誤君當恕醉人

止酒

居止次城邑逍遥自閑止坐止高蔭下步止蓽

蓬下四句余反覆味之然後知淵明之用意非獨止酒於此四者皆欲止之故坐止于蓽門之裡則朝市之利吾何趨焉好味止於啖園葵則吾行方丈吾何欲焉大懽止於戲稚子則燕歌趙舞吾何樂焉在彼者難求而在此者易為也淵明固窮守道安于丘園疇肯以此易彼乎

黃山谷曰此篇有其義而亡其

門裏。好味止園葵。大懽止稚子。平生不止酒。止酒情無喜。暮止不安寢。晨止不能起。日日欲止之。營衛止不理。徒知止不樂。未信止利己。（一作知非）始覺止為善。今朝真止矣。從此一止去。將止扶桑涘。清顏止宿容。奚止千萬祀。

述酒 趙泉山曰淵明退休後所作類多悼國傷時感諷之語然不欲顯斥故命篇云雜詩或托以述酒飲酒擬古閒寓以他語使漫與不可指摘如豫章抗高門重華固靈墳此其述酒語耶

重離照南陸。鳴鳥聲相聞。秋草雖未黃。融風久已分。素礫皛修渚。南嶽無餘雲。豫章抗高門。重

辭似是讀異書所作其中多不可解
韓子蒼曰余反覆之見山陽歸下國之句蓋用山公事疑是義熙以後有所感而作也故有流淚抱中歎平王去舊京之語淵明忠義如此今人或謂淵明所題甲子不必皆義熙後此亦豈足論淵明哉惟其高舉遠蹈不受世紛而至于躬耕乞食其忠義亦足見矣

華固靈墳流淚抱中歎傾耳聽司晨神州獻嘉粟西靈為我馴諸梁董師旅羊勝喪其身讀山谷曰當是芊勝白公也山陽歸下國成名猶不勤卜生善斯牧安樂不為君平王去舊京舊作峽峽中納遺薰雙陵甫云育三趾顯奇文王子愛清吹日中翔河汾朱公練九齒閑居離世紛峩峩西嶺內偃息常所親天容自永固彭殤非等倫熟蔡子曰詩家視淵明猶孔門視伯夷也湯東澗曰劉裕以毒酒酖王以詩所為作故以述酒名篇詩辭盡隱語故觀者非省

責子

黃山谷曰觀此詩想見其慈祥戲謔可觀也俗人便謂淵明諸子皆不肖而淵明愁歎見于詩耳所謂癡人前不得說夢也

白髮被兩鬢。肌膚不復實。雖有五男兒。總不好紙筆。阿舒已二八。懶惰故無匹。阿宣行志學。而不愛文術。雍端年十三。不識六與七。通子垂九齡。但覓梨與栗。天運苟如此。且進杯中物。

有會而作并序

舊穀既沒。新穀未登。頗爲老農。而值年災。日月尚悠。爲患未已。登歲之功。既不可希。朝夕所資。煙火裁通。旬日已來。始

趙泉山曰此篇述其艱食之悰尤爲酸楚老至更長饑是終身未嘗足食也

念饑乏之歲云夕矣慨然永懷今我不述後生何聞哉

弱年逢家乏老至更長饑菽麥實所羨孰敢慕甘肥惄如亞九飯當暑厭寒衣歲月將欲暮如何辛苦悲常善粥者心深恨蒙袂非嗟來何足吝徒沒空自遺斯濫豈彼志固窮夙所歸餒也已矣夫在昔余多師

蜡日

劉斯立曰當是凱之用此兄成全篇之中惟此警策居然可知或雖顧作淵明摘出四句可謂善擇矣

風雪送餘運，無妨時已和。梅柳夾門植，一條有佳花。我唱爾言得，酒中適何多。未能明多少，章山有奇歌。

四時 思悅曰此顧凱之神情詩類文有全篇然顧詩首尾不類獨此警絕。

春水滿四澤，夏雲多奇峯。秋月揚明暉，冬嶺秀孤松。許彥周詩話曰此詩乃顧長康詩誤入彭澤集

陶靖節集卷之三終

陶靖節集卷之四

詩五言

擬古九首

其一

榮榮窻下蘭。密密堂前柳。初與君別時。不謂行當久。出門萬里客。中道逢嘉友。未言心相醉。不在接杯酒。蘭枯柳亦衰。遂令此言負。多謝諸少年。相知不忠厚。意氣傾人命。離隔復何有。

其二

辭家夙嚴駕當往志無終問君今何行非商復非戎聞有田子春節義爲士雄斯人久已死鄉里習其風生有高世名既沒傳無窮不學狂馳子直在百年中

其三

仲春遘時雨始雷發東隅衆蟄各潛駭草木從橫舒翩翩新來燕雙雙入我廬先巢故尚在相

逕舊居。自從分別來。門庭日荒蕪。我心固匪

君情定何如。

其四

迢迢百尺樓。分明望四荒。暮作歸雲宅。朝爲飛

鳥堂。山河滿目中。平原獨茫茫。古時功名士。慷

慨爭此場。一旦百歲後。相與還北邙。松栢爲人

伐。高墳互低昂。頹基無遺主。遊魂在何方。榮華

誠足貴。亦復可憐傷。

其五

東方有一士，被服常不完。三旬九遇食，十年著一冠。辛苦無此比，常有好容顏。我欲觀其人，晨去越河關。青松夾路生，白雲宿簷端。知我故來意，取琴爲我彈。上絃驚別鶴，下絃操孤鸞。願留就君住，從今至歲寒。

其六

蒼蒼谷中樹，冬夏常如茲。年年見霜雪，誰謂不

湯東澗曰前四句興而比以言吾有定見而不為談者所眩似謂白蓮社中人也

知時厭聞世上語結友到臨淄稷下多談士指彼決吾疑裝束既有日已與家人辭行行停出門還坐更自思不怨道里長但畏人我欺萬一不合意永為世笑嗤（一作之非）伊懷難具道為君作此詩

其七

日暮天無雲春風扇微和佳人美清夜達曙酣且歌歌竟長歎息持此感人多皎皎雲間月灼灼葉中華豈無一時好不久當如何

湯東澗曰首陽易水亦寓憤世之意說苑鍾子期死而伯牙絕絃破琴知世莫可爲鼓也惠施卒而莊子深瞑不言見世莫可語也伯牙之琴莊周之言惟鍾惠能聽今有能聽之人而無可聽之言此淵明所以罷遠游也

湯東澗曰業成志樹而時代遷革不復可騁然生斯時矣奚所歸悔耶

其八

少時壯且厲。撫劍獨行游。誰言行游近。張掖至幽州。饑食首陽薇。渴飲易水流。不見相知人。惟見古時丘（一作徘徙）。路邊兩高墳。伯牙與莊周。此士難再得。吾行欲何求。

其九

種桑長江邊。三年望當採。枝條始欲茂。忽值山河改。柯葉自摧折。根株浮滄海。春蠶既無食。寒衣欲誰待。本不植高原。今日復何悔。

雜詩十二首

其一

人生無根蔕。飄如陌上塵。分散逐風轉。此已非常身。落地爲兄弟。何必骨肉親。得歡當作樂。斗酒聚比隣。盛年不重來。一日難再晨。及時當勉勵。歲月不待人。

其二

湯東澗曰此篇
亦感興士之意

白日淪西河素月出東嶺遥遥萬里輝蕩蕩空中景風來入房戶夜中枕席冷氣變悟時易不眠知夕永欲言無予和揮杯勸孤影日月擲人去有志不獲騁念此懷悲悽終曉不能靜

其三

榮華難久居盛衰不可量昔爲三春蕖今作秋蓮房嚴霜結野草枯悴未遽央日月還復周我作有限周永去不再陽眷眷往昔時憶此斷人腸

湯東澗曰太白詩云百歲落半塗前期浩漫漫中宵不成寐天明起長歎人生

其四

丈夫志四海我願不知老親戚共一處子孫還相保觴絃肆朝日罇中酒不燥緩帶盡歡娛起晚眠常早孰若當世士冰炭滿懷抱百年歸（一作埽非）丘壟用此空名道

其五

憶我少壯時無樂自欣豫猛志逸四海騫翮思遠翥荏苒歲月頹此心稍已去值歡無復娛每

人歸宿者例此歎必聞道而後死此〻淵明所以惜寸陰歟

毋多憂慮。氣力漸衰損。轉覺日不如。壑舟無須臾。引我不得住。前塗當幾許。未知止泊處。古人惜寸陰。念此使人懼。

其六

昔聞長者言。掩耳每不喜。奈何五十年。忽以親此事。求我盛年歡。一毫無復意。去去轉欲遠。此生難（一作豈狀）再值。傾家持（一作時非）作樂。竟此歲月駛。有子不留金。何用身後置。

其七

日月不肯遲，四時相催迫。寒風拂枯條，落葉掩長陌。弱質與運頽，玄鬢早已白。素標插人頭，前塗漸就窄。家爲逆旅舍，我如當去客。去去欲何之，南山有舊宅。

其八

代耕本非望，所業在田桑。躬親未曾替，寒餒常糟糠。豈期過滿腹，但願飽粳糧。御冬足大布，絺以應陽。正爾不能得。哀哉亦可傷。人皆盡獲宜。拙生失其方。理也可奈何。（一作共非）且爲陶一觴。

其九

遥遥從羈役。一心處兩端。掩淚汎東逝。順流追時遷。日沒星與昴。勢翳西山巔。蕭條隔天涯。惆悵念常飡。慷慨思南歸。路遐無由緣。關梁難虧替。絕音寄斯篇。

其十

閑居執蕩志。時駛不可稽。驅役無停息。軒裳逝東崖。沉陰擬薰麝。寒氣激我懷。（一作沉丹擬董司悲風激我懷）歲月有常御。我來淹已彌。慷慨憶綢繆。此情久已離。荏苒經十載。暫爲人所羈。庭宇翳餘木。倏忽日月虧。

其十一

我行未云遠。回顧慘風涼。春燕應節起。高飛拂塵梁。邊鴈悲無所。代謝歸北鄉。離鵾鳴清池。涉暑經秋霜。愁人難爲辭。遙遙春夜長。

愚按曰東坡和陶詩無此篇

湯東澗曰孤雲倦翮以興舉世皆依乘風雲而己獨無攀援飛一志寧忍飢守志節縱無知此意者亦

其十二

嫋嫋松標崖。婉孌柔童子。年始三五間。喬柯何可倚。養色含津氣。粲然有心理。

（華柯真可倚）

詠貧士七首

其一

萬族各有託。孤雲獨無依。曖曖空中滅。何時見餘暉。朝霞開宿霧。衆鳥相與飛。遲遲出林翮。未夕復來歸。（一作已復歸非）量力守故轍。豈不寒與饑。知音苟不

存已矣何所悲

其二

淒厲歲云暮擁褐曝前軒南圃無遺秀枯條盈北園傾壺絕餘瀝闚竈不見煙詩書塞座外日昃不遑研閑居非陳厄竊有慍見言何以慰吾懷賴古多此賢

其三

榮叟老帶索欣然方彈琴原生納決屨清歌暢

商音。重華去我久。貧士世相尋。弊襟不掩肘。藜羹常乏斟。豈忘襲輕裘。苟得非所欽。賜也徒能辯。乃不見吾心。

其四

安貧守賤者。自古有黔婁。好爵吾不榮。厚饋吾不酬。一旦壽命盡。弊服仍不周。豈不知其極。非道故無憂。從來將千載。未復見斯儔。朝與仁義生。夕死復何求。

其五

袁安困積雪。邈然不可干。阮公見錢入。卽日棄其官。芻藁有常温。採莒足朝飧。豈不實辛苦。所懼非饑寒。貧富常交戰。道勝無戚（一作學非）顔。至德冠邦閭。清節映西關。

其六

仲蔚愛窮居。遶宅生蒿蓬。翳然絶交游。賦詩頗能工。舉世無知者（一作[illegible]非）。止有一劉龔。此士胡獨然。寔由罕所同。介焉安其業。所樂非窮通。人事固以拙。聊得長相從。

其七

昔在黄子廉。彈冠佐名州。一朝辭吏歸。清貧略難儔。年饑感仁妻。泣涕向我流。丈夫雖有志。固爲男女憂。惠孫一晤歎。腆贈竟莫酬。誰云固窮難。邈哉此前修。

詠二疏

東坡曰淵明未嘗出二疎既出而知返其志一也或以謂既出而返如從病得愈其味勝於初不病此惑者顛倒見耳

湯東澗曰二疎取其歸三良與主同死荆卿爲主報仇皆託古以自見云

大象轉四時功成者自去借問衰周來幾人得其趣游目漢廷中二疎復此舉高嘯返舊居長揖儲君傳餞送傾皇朝華軒盈道路離別情所悲餘榮何足顧事勝感行人賢哉豈常譽厭厭閭里歡所營非近務促席延故老揮觴道平素問金終寄心清言曉未悟放意樂餘年遑恤身後慮誰云其人亡久而道彌著

詠三良

彈冠乘通津。但懼時我遺。服勤盡歲月。常恐功
愈微。忠情謬獲露。遂爲君所私。出則陪文輿。入
必侍丹帷。箴規嚮已從。計議初無虧。一朝長逝
後。願言同此歸。厚恩固難忘。君命安可違。臨穴
罔遲疑。投義志攸希。荆棘籠高墳。黄鳥聲正悲。
良人不可贖。泫然沾我衣。

詠荆軻

燕丹善養士。志在報强嬴。招集百夫良。歲暮得

朱元晦曰淵明詩人皆說平淡看他自豪放得来不覺其露出本相者是詠荆軻一篇平淡底人如何說得這樣言語出来

荆卿君子死知已提劒出燕京素驥鳴廣陌慷慨送我行雄髮指危冠猛氣充長纓飲餞易水上四座列羣英漸離擊悲筑宋意唱高聲蕭蕭哀風逝淡淡寒波生商音更流涕羽奏壯士驚心知去不歸且有後世名登車何時顧飛蓋入秦庭凌厲越萬里逶迤過千城圖窮事自至豪主正怔營惜哉劒術疎奇功遂不成其人雖已没千載有餘情一作斯人久已没千載有深情

讀山海經十三首

其一

孟夏草木長，遶屋樹扶疎。衆鳥欣有託，吾亦愛吾廬。既耕亦已種，時還讀我書。窮巷隔深轍，頗迴故人車。歡言（一作然）酌春酒，摘我園中蔬。微雨從東來，好風與之俱。汎覽周王傳，流觀山海圖。俯仰終宇宙，不樂復何如。

其二

玉臺淩霞秀。王母怡妙顏。天地共俱生。不知幾何年。靈化無窮已。館宇非一山。高酣發新謡。寧效俗中言。

其三

迢遞槐江嶺。是謂玄圃丘。西南望崑墟。光氣難與儔。亭亭明玕照。落落清瑶流。恨不及周穆。託乘一來游。

其四

丹木生何許。迺在峚山陽。黃花復朱實。食之壽命長。白玉凝素液。瑾瑜發奇光。豈伊君子寶。見重我軒黃。

其五

翩翩三青鳥。毛色奇可憐。朝爲王母使。暮歸三危山。我欲因此鳥。具向王母言。在世無所須。惟酒與長年。

其六

逍遥蕪皋上，杳然望扶木。洪柯百萬尋，森散覆暘谷。靈人侍丹池，朝朝爲日浴。神景一登天，何幽不見燭。

其七

粲粲三珠樹，寄生赤水陰。亭亭凌風桂，八榦共成林。靈鳳撫雲舞，神鸞調玉音。雖非世上寶，爰得王母心。

其八

自古皆有没。何人得靈長。不死復不老。萬歲如平常。赤泉給我飲。員丘足我糧。方與三辰游。壽考豈渠央。

其九

夸父誕宏志。乃與日競走。俱至虞淵下。似若無勝負。神力既殊妙。傾河焉足有。餘迹寄鄧林。功竟在身後。

其十

精衛銜微木。將以塡滄海。刑天舞干戚。猛志故常在。同物既無慮。化去不復悔。徒設在昔心。良晨詎可待。

其十一

巨猾肆威暴。欽駓違帝旨。窫窳强能變。祖江遂獨死。明明上天鑒。爲惡不可履。長枯固已劇。鵕鶚豈足恃。

其十二

鶺鴒見城邑。其國有放士。念彼懷生世。當時數來止。青丘有奇鳥。自言獨見爾。本爲迷者生。不以喻君子。

其十三

巖巖顯朝市。帝者慎用才。何以廢共鯀。重華爲之來。仲父獻誠言。姜公乃見猜。臨没告饑渴。當復何及哉。

擬挽歌辭三首

祁寬曰：昔人自作祭文挽詩者多矣，或寓意騁辭，成於暇日。寬考次靖節詩文，乃絕筆於祭挽三篇，蓋出於屬纊之際者，辭情俱達，尤爲精麗，其於晝夜之道了然如此。古之聖賢唯孔子、曾子能之，見於曳杖之歌、易簀之言。嗟哉斯人，沒七百年，未聞有稱贊及此者，因表而出之，附于卷末。泉山曰：嚴霜九月中，送我出遠郊，與自祭文律中無射之月相符，知挽

其一

有生必有死，早終非命促。昨暮同爲人，今旦在鬼録。魂氣散何之，枯形寄空木。嬌兒索父啼，良友撫我哭。得失不復知，是非安能覺。千秋萬歲後，誰知榮與辱。但恨在世時，飲酒不得足。

其二

在昔無酒飲，今旦（一作但）湛空觴。春醪生浮蟻，何時更能嘗。殽案盈我前，親舊哭我傍。欲語口無音，欲

辭乃將逝之夕作是以梁昭明采與辭入選止題曰陶淵明挽歌而編次本集者不悟乃題云擬挽歌辭曾端伯曰秦少游將亡效淵明自作哀挽王平甫亦云九月清霜送陶令與則挽辭決非擬作從可知矣

又曰晉桓伊善挽歌庾晞亦喜為挽歌每自搖大鈴為唱使左右齊和袁山松遇出遊則好令左右作挽歌類皆一時名流達士習尚如此非如今

視眼無光昔在高堂寢今宿荒草鄉一朝出門去歸來夜未央

其三

荒草何茫茫白楊亦蕭蕭嚴霜九月中送我出遠郊四面無人居高墳正嶕嶢馬為仰天鳴風為自蕭條（一作鳥為動哀鳴林為結風飆）幽室一已閉千年不復朝千年不復朝賢達無奈何向來相送人各自還其家親戚或餘悲他人亦已歌死去何所道託體同山阿

叫

風飛去去當何極念彼窮居士

嘆息淵明雖欲騰九萬扶搖竟何力遠招王

喬雲駕庶可飭惜之顧侶正徘徊離離翔

霜露豈不切務從忘愛翼循之高柯濯條

眺眄天色思絕慶未看徒使生迷惑淵明

陶靖節集卷之四終

陶靖節集卷之五

賦辭三首

感士不遇賦 并序

昔董仲舒作士不遇賦司馬子長又爲之余嘗以三餘之日講習之暇讀其文慨然惆悵夫履信思順生人之善行抱朴守靜君子之篤素（一作素業）自眞風告逝大僞斯興閭閻懈廉退之節市朝驅易進之

秉三五而垂名。或擊壤以自歡，或大濟於蒼生。
靡潛躍之非分，常傲然以稱情。世流浪而遂徂，
物羣分以相形。密網裁而魚駭，宏　　而鳥驚。
彼達人之善覺，乃逃祿而歸耕。山嶷嶷而懷影，
川汪汪而藏聲。望軒唐而永歎，甘貧賤以辭榮。
淳源汩（一作汩）以長分，美惡作以異（一作紛其）途。原百行之攸貴，
莫爲善之可娛。奉上天之成命，師聖人　遺書。
發忠孝於君親，生信義於鄉閭。推誠心　　顯，

之嫉[illegible]而祈譽嗟乎雷同毀異物惡其[illegible][illegible]妙篚
者謂迷直道者云妄坦（一作恒）至公而無猜卒蒙耻以
受謗雖懷瓊而握蘭徒芳潔而誰亮哀哉士之
不遇已不在炎帝帝魁之世獨祗修以自勤豈
三省之或廢庶進德以及時時既至而不惠無
爰生之晤言念張季之終蔽愍馮叟於郎署賴
魏守以納計雖僅然於必知亦苦心而曠歲翻
夫市之無虎眩三夫之獻說悼賈傅之秀朗紆

逵纏於促界悲董相之淵致屢乘危而幸濟感
哲人之無偶淚淋浪以灑袂承前王之清誨曰
天道之無親澄得一以作鑒恒輔善而佑仁夷
投老以長饑回早夭而又貧傷請車以備槨悲
茹薇而殞身雖好學與行義何死生之苦辛疑
報德之若茲懼斯言之虛陳何曠世之無才罕
無路之不澀伊古人之慊慨一作痛病奇名之不立廣
結髮以從政不愧賞於萬邑屈雄志於戚豎竟

尺土之莫及留誠信於身後慟（作動）衆人之悲泣商
盡規以拯弊言始順而患入奚良辰之易傾胡
害勝其乃急蒼旻遐緬人事無已有感有昧疇
測其理寧固窮以濟意不委曲而累己既軒冕
之非榮豈緼袍之爲耻誠謬會以取拙且欣然
而歸止擁孤襟以畢歲謝良價於朝市

閑情賦并序

初張衡作定情賦蔡邕作靜情賦檢逸

辭而宗澹泊始則蕩以思慮而終歸閑正將以抑流宕之邪心諒有助於諷諫綴文之士奕代繼作並因觸類廣其辭義余園閭多暇復染翰爲之雖文妙不足庶不謬作者之意乎

夫何瓌逸之令姿獨曠世以秀羣表傾城之豔色期有德於傳聞佩鳴玉以比潔齊幽蘭以爭芬淡柔情於俗內負雅志於高雲悲晨曦之易

夕感人生之長勤同一盡於百年何歡寡而愁殷褰朱幃而正坐泛清瑟以自欣送纖指之餘好攘皓袖之繽紛瞬美目以流眄含言笑而不分曲調將半景落西軒悲商叩林白雲依山仰睇天路俯促鳴絃神儀嫵媚舉止詳妍激清音以感余願接膝以交言欲自往以結誓懼冒禮之爲諐待鳳鳥以致辭恐他人之我先意惶惑而靡寧魂須臾而九遷願在衣而爲領承華首

之餘芳悲羅襟之宵離怨秋夜之未央願在裳而爲帶束窈窕之纖身嗟温涼之異氣或脫故而服新願在髮而爲澤刷玄鬢於頹肩悲佳人之屢沐從白水以枯煎願在眉而爲黛隨瞻視以閑揚悲脂粉之尚鮮或取毀於華粧願在莞而爲席安弱體於三秋悲文茵之代御方經年而見求願在絲而爲履附素足以周旋悲行止之有節空委棄於床前願在晝而爲影常依形

而西東悲高樹之多蔭慨有時而不同願在夜而爲燭照玉容於兩楹悲扶桑之舒光奄滅景而藏明願在竹而爲扇含淒飈於柔握悲白露之晨零顧襟袖以緬邈願在木而爲桐作膝上之鳴琴悲樂極以哀來終推我而輟音考所願而必違徒契契（一作契闊）以苦心擁勞情而罔訴步容與於南林栖木蘭之遺露翳青松之餘陰儻行行之有覿交欣懼於中襟竟寂寞而無見獨悁想

以空尋。歛輕裾以復路。瞻夕陽而流歎步徙倚
以志趣。色慘悽而矜顏。葉燮燮以去條。氣凄凄
而就寒。日負影以偕沒。月媚景於雲端。鳥悽聲
以孤歸。獸索偶而不還。悼當年之晚暮。恨茲歲
之欲殫。思宵夢以從之。神飄飄而不安。若憑舟
之失棹。譬緣崖而無攀。于時畢昴盈軒。北風凄
凄。惘惘不寐衆念徘徊。起攝帶以伺晨繁霜粲
於素階。雞斂翅而未鳴。笛流遠以清哀。始妙密

歐陽永叔曰晉無文章惟陶淵明歸去來兮辭一篇而已

以閑和。終寥亮而藏摧。意夫人之在茲。託行雲以送懷。行雲逝而無語。時奄冉而就過。徒勤思以自悲。終阻山而帶河。迎清風以祛累。寄弱志於歸波。尤蔓草之為會。誦邵南之餘歌。坦萬慮以存誠。憩遥情於八遐。

歸去來兮辭 并序

余家貧。耕植不足以自給。幼稚盈室。缾無儲粟。生生所資。未見其術。親故多勸

李格非曰陶淵明歸去來兮辭沛然如肺腑中流出殊不見有斧鑿痕

朱元晦曰其詞義夷曠蕭散雖託楚聲而無尤怨切蹙之病

休齋曰詩變而爲騷騷變而爲辭皆可歌也詞則兼詩騷之聲而尤簡邃焉者漢武帝作秋風辭一章三易韻其節短其聲哀此詞之權輿乎陶淵明罷彭澤令賦歸去來而

余爲長吏脫然有懷求之靡途會有四方之事諸侯以惠愛爲德家叔以余貧苦遂見用于小邑于時風波未靜心憚遠役彭澤去家百里公田之利足以爲酒故便求之及少日眷然有歸與之情何則質性自然非矯厲所得饑凍雖切違己交病嘗從人事皆口腹自役於是悵然慷慨深媿平生之志猶望一稔當

自命曰辭造令人歌之頓挫抑揚自協聲韻蓋其詞高甚晉宋而下欲追躡之不能然秋風詞盡蹈襲楚辭未甚歎暢歸去來則自出機杼所謂無首無尾無始無終前非歌而後非辭欲斷而復續將作而遂止謂洞庭鈞天而不淡謂霓裳羽衣而不綺此其所以超乎先秦之世而與之同範也

斂裳宵逝尋程氏妹喪于武昌情在駿奔自免去職仲秋至冬在官八十餘日因事順心命篇曰歸去來兮乙巳歲十一月也

歸去來兮田園將蕪胡不歸既自以心爲形役奚惆悵而獨悲悟已往之不諫知來者之可追寔迷途其未遠覺今是而昨非舟遥遥以輕颺風飄飄而吹衣問征夫以前路恨晨光之熹微

蘇東坡曰書生入官庫見錢不識或怪而問之生曰固知其為錢但怪其不在紙裹中耳予偶讀淵明歸去來辭云幼稚盈室瓶無儲粟乃知俗傳信而有徵使瓶有儲粟亦甚微矣此翁平生只於瓶中見粟也耶

乃瞻衡宇載欣載奔僮僕歡迎稚子候門三徑就荒松菊猶存携幼入室有酒盈罇引壺觴以自酌眄庭柯以怡顏倚南窗以寄傲審容膝之易安園日涉以成趣門雖設而常關策扶老以流憩時矯首而遐觀雲無心而出岫鳥倦飛而知還景翳翳以將入撫孤松而盤桓歸去來兮請息交以絕游世與我而相違復駕言兮焉求悦親戚之情話樂琴書以消憂農人告余以春

及將有事於西疇或命巾車或棹孤舟既窈窕以尋壑亦崎嶇而經丘木欣欣以向榮泉涓涓而始流善萬物之得時感吾生之行休巳矣乎寓形宇内復幾時曷不委心任去留胡爲乎遑遑兮欲何之富貴非吾願帝鄉不可期懷良辰以孤往或植杖而耘耔登東皋以舒嘯臨清流而賦詩聊乘化以歸盡樂夫天命復奚疑

陶靖節集卷之五終

陶靖節集卷之六

記傳贊述十三首

桃花源記 并詩

晉太元中武陵人捕魚爲業緣溪行忘路之遠近忽逢桃花林夾岸數百步中無雜樹芳草鮮（一作芳華）美落英繽紛漁人甚異之復前行欲窮其林林盡水源便得一山山有小口髣髴若有光便捨船從口入初極狹纔通人復行數十步豁然開

朗土地平曠屋舍儼然有良田美池桑竹之屬阡陌交通雞犬相聞其中往來種作男女衣着悉如外人黄髮垂髫並怡然自樂見漁人乃大驚問所從來具答之便要還家設酒殺雞作食村中聞有此人咸來問訊自云先世避秦時亂率妻子邑人來此絶境不復出焉遂與外人間隔問今是何世乃不知有漢無論魏晋此人一一爲具言所聞皆歎惋餘人各復延至其家皆

出酒食。停數日辭去。此中人語云。不足爲外人道也。既出。得其船。便扶向路。處處誌之。及郡下詣太守說如此。太守卽遣人隨其往。尋向所誌。遂迷不復得路。南陽劉子驥。高尚士也。聞之欣然規往。未果。尋病終。後遂無問津者。

嬴氏亂天紀。賢者避其世。黄綺之商山。伊人亦云逝。往迹浸復湮。來逕遂蕪廢。相命肆農耕。日入從所憩。桑竹垂餘蔭。菽稷隨時藝。春蠶收長絲。秋熟靡王稅。荒路曖交通。雞犬互鳴吠。俎豆猶古法。衣裳無新製。童孺縱行歌。班白歡游詣。草榮識節和。木衰知風厲。雖無紀曆誌。四時自成歲。怡然有餘樂。于何勞智慧。奇蹤隱五百。一朝敞神界。淳薄既異源。旋復還幽蔽。借問游方士。焉測塵囂外。願言躡輕風。高舉尋吾契。

晉故西征大將軍長史孟府君傳 并贊

君諱嘉。字萬年。江夏鄂人也。曾祖父宗以孝行稱。仕吳司空（一作馬司）。祖父揖。元康中爲廬陵太守。宗葬武昌新陽縣。子孫家焉。遂爲縣人也。君少失父。奉母二弟居。娶大司馬長沙桓公陶侃第十女。閨門孝友。人無能間。鄉閭稱之。沖默有遠量。弱冠儔類咸敬之。同郡郭遜以清操知名。時在君右。常歎君溫雅平曠。自以爲不及。遜從弟立亦有才志。與君同時齊譽。每推服焉。由是名冠州里。聲流京邑。太尉潁川庾亮。以帝舅民望受分

陝之重鎭武昌并領江州辟君部廬陵從事下
郡還亮引見問風俗得失對曰嘉不知還傳當
問從吏亮以麈尾掩口而笑諸從事旣去喚弟
翼語之曰孟嘉故是盛德人也君旣辭出外自
除吏便步歸家母在堂兄弟共相歡樂怡怡如
也旬有餘日更版爲勸學從事時亮崇修學校
高選儒官以君望寔故應尚德之舉太傅河南
褚褒簡穆有器識時爲豫章太守出朝宗亮正

旦大會州府人士率多時彥君在坐次甚遠褒問亮江州有孟嘉其人何在亮云在坐卿但自覓褒歷觀遂指君謂亮曰將無是耶亮欣然而笑喜褒之得君奇君爲褒之所得乃益器焉舉秀才又爲安西將軍庾翼府功曹再爲江州別駕巴丘令征西大將軍譙國桓温參軍君色和而正温甚重之九月九日温游龍山參佐畢集四弟二甥咸在坐時佐吏並著戎服有風吹君

幘墮落溫目左右及賔客勿言以觀其舉止君初不自覺良久如厠溫命取以還之廷尉太原孫盛爲諮議叅軍時在坐溫命紙筆令嘲之文成示溫溫以著坐處君歸見嘲笑而請筆作荅了不容思文辭超卓四座歎之奉使京師除尚書删定郎不拜孝宗穆皇帝聞其名賜見東堂君辭以脚疾不任拜起詔使人扶入君甞爲刺史謝永别駕永會稽人喪亡君求赴義路由永

與高陽許詢有雋才辭榮不仕每縱心獨往客
居縣界嘗乘船近行適逢君過歎曰都邑美士
吾盡識之獨不識此人唯聞中州有孟嘉者將
非是乎然亦何由來此使問君之從者君謂其
使曰本心相過今先赴義尋還就君及歸遂止
信宿雅相知得有若舊交還至轉從事中郎俄
遷長史在朝隤然仗正順而已門無雜賓嘗會
神情獨得便超然命駕逕之龍山顧景酣宴造

夕乃歸溫從容謂君曰人不可無勢我乃能駕御卿後以疾終於家年五十一始自總髮至于辭命行不苟合言無夸矜未嘗有喜慍之容好酣飲逾多不亂至於任懷得意融然遠寄傍若無人溫嘗問君酒有何好而卿嗜之君笑而答曰明公但不得酒中趣爾又問聽妓絲不如竹竹不如肉答曰漸近自然中散大夫桂陽羅含賦之曰孟生善酣不愆其意光祿大夫南陽劉

躭昔與君同在温府淵明從父太常夔嘗問躭。君若在當巳作公否。答云。此本是三司人爲時所重如此。淵明先親。君之第四女也。凱風寒泉之思。寔鍾厥心。謹按採行事。撰爲此傳。懼或乖謬有虧大雅君子之德。所以戰戰兢兢。若履深薄云爾。

贊曰

孔子稱進德修業。以及時也。君清蹈衡門則令

聞孔昭振纓公朝則德音允集道悠運促不紛遠業惜哉仁者必壽豈斯言之謬乎

五柳先生傳并贊

先生不知何許人也亦不詳其姓字宅邊有五柳樹因以爲號焉閑靖少言不慕榮利好讀書不求甚解每有會意便欣然忘食性嗜酒家貧不能常得親舊知其如此或置酒而招之造飲輒盡期在必醉既醉而退曾不吝情去留環堵

蕭然不蔽風日，短褐穿結，簞瓢屢空，晏如也。常著文章自娛，頗示己志，忘懷得失，以此自終。

贊曰：

黔婁有言：不戚戚於貧賤，不汲汲於富貴。其言茲若人之儔乎？酣觴賦詩，以樂其志，無懷氏之民歟？葛天氏之民歟？

扇上畫贊

荷蓧丈人　長沮桀溺　於陵仲子

張長公　丙曼容　鄭次都

薛孟嘗　周陽珪

三五道邈淳風日盡九流參差互相推隕形逐物遷心無常準是以達人有時而隱四體不勤五穀不分超超丈人日夕在耘遼遼沮溺耦耕自欣入鳥不駭雜獸斯羣至矣於陵養氣浩然茂彼結駟甘此灌園張生一仕曾以仕還顧我不能高謝人間岩岩丙公望崖輙歸匪驕匪吝

蘇東坡白讀史述九章夷齊集

前路　鄭叟不合垂釣川湄交酌林下淸
究微子　遊學天網時疎眷言哲友振褐偕
美哉周子稱疾閑居寄心淸尚悠然自娛翳
衡門洋洋泌流曰琴曰書顧盼有儔飲河既足
自外皆休緬懷千載託契孤遊

讀史述九章

夷齊

二子讓國相將海隅天人革命絕景窮居采薇

子焉有感而云去之五百餘載吾猶識其意也

舊常記曰淵明讀史九章其間皆有深意其尤章章者如夷齊箕子魯二儒三篇是詩云天人革命絕景窮居貞風凌俗爰感懦夫箕子云去鄉之感猶有遲遲矧伊代謝觸物皆非常一

高歌慨想黄虞。貞風凌俗，爰感懦夫。

箕子

去鄉之感，猶有遲遲。矧伊代謝，觸物皆非。哀哀箕子，云胡能夷。狡童之歌，悽矣其悲。

管鮑

知人未易，相知實難。淡美初交，利乖歲寒。管生稱心，鮑叔必安。奇情雙亮，令名俱完。

程杵

明 八廿賢 〻而不仕 有豈非以時 〻二姓而然耶

遺生艮難士為知已望義如歸允伊二子程生揮劍懼兹餘恥令德永聞百代見紀

七十二弟子

恂恂舞雩莫曰匪賢俱映日月共飡至言慟由才難感為情牽回也早夭賜獨長年

屈賈

進德修業將以及時如彼稷契孰不願之嗟乎二賢逢世多疑候詹寫志感鵬獻辭

韓非

豐狐隱穴。以文自殘。君子失時。白首抱關。巧行居災。枝（一作忮）辯召患。哀矣韓生。竟死說難。

魯二儒

易代隨時。迷變則愚。介介若人。特為貞夫。德不百年。汙我詩書。逝然不顧。被褐幽居。

張長公

遠哉長公。蕭然何事。世路多端。皆為我異。斂轡朅來獨養其志，寢跡窮年，誰知斯意。

陶靖節集卷之六 終

陶靖節集卷之七

傳贊五首

天子孝傳贊

虞舜　夏禹　殷高宗

周文王

虞舜父頑毋嚚。事之於畎畝之閒。以孝烝烝。是以堯聞而授之。富有天下。貴爲天子。以爲不順於父毋。若窮而無歸。惟悅親可以得意。苟違朝夕。若嬰兒之思戀。故稱舜五十而慕。書曰。戛擊鳴球。搏拊琴瑟。以詠祖考來格。言思其來而訓之。愛敬盡於事親。是以德教加於百姓。刑于四海。夏禹有天下以奉宗廟。然躬自菲薄以厚其孝。孔子曰。禹吾無間然矣。菲飲食而致孝乎鬼神。惡衣服而致美乎黻冕。禹之德。於是稱聞。聖人之德。無以加於孝敬。孝敬之道。美莫大焉。殷高宗諒陰。三年不言。百官總己而聽於冢宰。二年而後言。天下咸歡。德教大行。殷道以興。詩曰一人有慶。兆民賴之。其此之謂乎。周文王之爲世子也。朝於王季日三。雞鳴至於寢門。問於内豎。内豎曰安。文王乃喜。不安。則色憂。行不能正履。日中。暮。亦如之。食上必視寒温之節。食下必問所膳而後退。文王孝道光大。其化自近至遠。刑于寡妻以御于家邦。故得萬國之歡心。以事其先王矣。

贊曰

至哉后德。聖敬自天。陶漁致養。菲薄享先。親瘠色憂。諒陰寢言。一人有慶。千載賴旃。

諸侯孝傳贊

周公旦　魯孝公　河間惠王

周公旦。武王之弟。成王幼少。周公攝政。制禮作樂。郊祀后稷以配天。宗祀文王於明堂。以配上帝。是以四海之内。各以其職來祭。詩曰。於穆清廟肅雍顯相言諸侯樂其位而敬其事也仲尼曰孝莫大於嚴父嚴父莫大於配天則周公其人也貴而不驕位高彌謙自承文武之休烈孝道通于神明光被四海武王封之於魯備其禮樂以奉宗廟焉魯孝公之爲公子周宣王問公子能道訓諸侯者立之樊穆仲稱其孝曰肅恭明神而敬事耆老賦事行刑必問於遺訓咨於故寔不干所問不犯所咨王曰然則能訓理其

民矣乃命之於夷宮是爲孝公夫宗廟致敬不忘親也有國不亦宜乎漢河間惠王獻王之曾孫也西京藩臣多驕放之失其名德者唯獻王而惠王繼之漢書稱其能修獻王之行母薨服喪盡禮哀帝下詔書褒揚以爲宗室儀表增封萬戶禮古之人皆然至於末俗衰薄固已賢矣貴而率禮又難其見褒賞不亦宜乎

贊曰

貴驕殊途。不期而會。周公勞謙。乃成光大。二侯

承會。遵儉去泰。河間率禮。漢宗是賴。

卿大夫孝傳贊

孔子　孟莊子　潁考叔

孔子。魯人也。入則事父兄。出則事公卿。喪事不

敢不勉。故稱曰孝乎。惟孝友于兄弟。是亦爲政

也。君賜腥。必熟而薦之。雖蔬食而齊。祭如在。鄉

人儺。朝服立於阼階。孝之至也。至德要道。莫大

於孝。是以曾參受而書之。游夏之徒。常咨稟焉。許止不嘗藥。書以殺父。宰我暫言滅喪。責以不仁。言合訓典。行合世範。德義可尊。作事可法。遺文不朽。揚名千載。孟莊子魯人也。孔子稱其孝。其他可能也。其不改父之政。與父之臣。是難能也。夫孝子之事親也。事亡如事存。故當不義則爭之。存所不爭。則亡亦不敢改父之道。猶謂之孝。況終身乎。潁考叔鄭人也。莊公以叔段之故。

與母誓曰不及黃泉無相見也既而悔之考叔爲封人聞之有獻於公公賜之食而舍肉公問之對曰小人有母未嘗君之羹請以遺之公曰汝有母遺緊我獨無考叔曰何謂也公語之故且告之悔考叔曰若掘地及泉隧而相見其誰曰不然公從之遂爲母子如初君子曰潁考叔純孝也愛其母而施及莊公詩云孝子不匱永錫爾類其是之謂乎

贊曰

仁惟本悌。聖亦基孝。恂恂尼父。固天攸造。二子承親。式禮遵誥。永錫純懿。無改遺操。

士孝傳贊

高柴　樂正子春　孔奮　黄香

高柴。衛人也。喪親。泣血三年。未嘗見齒。所謂哭不偯。言不文也。爲武城宰而化行。民有不服其親者。改之。行。喪如禮。君子之德風也。以身先之。而民不遺其親。樂正子春。魯人也。下堂傷足。旣瘳。數月不出。猶有憂色。曰。吾聞之曾子。父母全而生之。巳全而歸之。可謂孝矣。故君子一舉足。一出言。不敢忘父母。不敢毀傷。孝之始也。夫能敬愼若斯。而災患及者。未之有也。孔奮扶風人也。少以孝行。著名州里。供養至謹。在官唯母極其美。妻息菜食。歷位以淸。夫人情莫不欲厚其親。然亦有分焉。奢則難繼。能致儉以全養者鮮矣。黄香。江夏人也。九歲失母。思慕骨立。事父竭力以致養。冬無被袴而盡滋味。暑則扇床枕。寒則以身温席。漢和帝嘉之。特加異賜。歷位恭勤。寵祿榮親。可謂夙興夜寐無忝爾所生者也。

贊曰

顯允羣士。行殊名鈞。咸能夙夜以義榮親。率彼城邑。用化厥民。忠以悟主。其孝乃純。

庶人孝傳贊

江革 廉範 汝郁

殷陶

江革。齊人也。漢章帝時。避賊負母而逃。賊賢之。不害而告其生路。竭力傭賃以致甘暖。和顔悅色以盡歡心。欲親之安。自挽車以行。鄉人歸之。號曰江巨孝。位至五官中郎將。天子嘉焉。寵遇甚厚。告歸。詔書褒美。就家禮其終身以顯異行。

廉範。京兆人也。少孤。十五入蜀迎父喪。遇石船覆。範抱棺而沒。船人救之。僅免於死。遂以喪歸及仕郡。拯太守於危難。送故盡節。章帝時爲郡守。百姓歌詠之。夫孝者。人之本。教之所由生也。是以範之臨危也勇。宰民也惠。能以義顯也。汝郁。陳郡人也。五歲母病不食。郁亦不食。母憐之強食。郁能察色知病。輒復不食。族人號曰異童。年十五。著於鄉里。父母終。思慕致毀。推財與兄弟隱於草澤。君子以爲難。兒童亂孝於自然。可謂天性也。殷陶汝南人也。年十二。以孝稱。遭父憂。率情合禮。有長虵帶其門。舉家奔走。陶以喪柩在焉。獨居廬不動。親戚扶持曉諭。莫能移之。啼號益盛。由是顯名。屢辭辟命。夫智者不惑。勇者不懼。陶孝於其親。而智勇並彰乎弱齡。斯又難矣。

贊曰

事親盡歡。其難在色。彼養以祿。我養以力。義在愛敬。榮不假飾。嗟爾衆庶。鑒茲前式。

陶靖節集卷之七 終

蘇東坡曰吾於淵明豈獨好其詩哉如其爲人實有感焉淵明告儼等疏此語蓋實錄也吾眞有此病而不蚤自知半世出仕以犯大患此所以深愧淵明欲以晚節師範其萬一也

陶靖節集卷之八

疏祭文四首

與子儼等疏

告儼俟份佚佟、天地賦命。生必有死。自古賢聖。誰能獨免。子夏有言、死生有命。富貴在天。四友之人。親受音旨。發斯談者。將非窮達不可妄求。壽夭永無外請故耶。吾年過五十。少而窮苦。每以家弊。東西游走。性剛才拙。與物多忤。自量爲趙泉山曰或疑此疏規ゝ之遺訓似過為身後慮者是大不然且父子之道天性也何可廢乎靖節當易簀之際猶不忘詔其子以人倫大義歟表正風化與夫素隱行怪徒潔身而亂大倫者異矣

已必貽俗患僶俛辭世使汝等幼而饑寒余嘗感孺仲賢妻之言敗絮自擁何慚兒子此既一事矣但恨隣靡二仲室無萊婦抱茲苦心良獨内愧少學琴書偶愛閑靜開卷有得便欣然忘食見樹木交蔭時鳥變聲亦復歡然有喜常言五六月中北窗下卧遇凉風暫至自謂是羲皇上人意淺識罕謂斯言可保日月遂往機巧好疎緬求在昔眇然如何病患以來漸就衰損親

舊不遺每以藥石見救自恐大分將有限也汝輩稚小家貧每役柴水之勞何時可免念之在心若何可言然汝等雖（一作曰）不同生當思四海皆兄弟之義鮑叔管仲分財無猜歸生伍舉班荊道舊遂能以敗爲成因喪立功他人尚爾況同父之人哉潁川韓元長漢末名士身處卿佐七十而終兄弟同居至于沒齒濟北氾稚春晉時操行人也七世同財家人無怨色詩曰高山仰止

又曰吾年過五十少而窮苦每以家弊東西游走當作年過三十按靖節從此十一年歸自潯陽至建業再返又至江陵再返故云東西游走及四十歲序其倦游於歸去來云心憚遠役四十八歲答龐參軍詩云我實幽居士無復東西緣若年過五十時投閑十年矣尚何游官之有

景行行止。雖不能爾。至心尚之。汝其慎哉。吾復何言

祭程氏妹文

維晉義熙三年五月。甲辰。程氏妹服制再周。淵明以少牢之奠。俛而酹之。嗚呼哀哉。寒往暑來。日月寖疎。梁塵委積。庭草荒蕪。寥寥空室。哀哀遺孤。肴觴虛奠。人逝焉如。誰無兄弟。人亦同生。嗟我與爾。特百常情。慈妣早世。時尚孺嬰。我年

二六爾纔九齡爰從靡識撫髫相成咨爾令妹
有德有操靖恭鮮言聞善則樂能正能和惟友
惟孝行止中閨可象可傚我聞爲善慶自已蹈
彼蒼何偏而不斯報昔在江陵重罹天罰兄弟
索居乖隔楚越伊我與爾百哀是切黯黯高雲
蕭蕭冬月白雲掩晨長風悲節感惟崩號興言
泣血尋念平昔觸事未遠書疏猶存遺孤滿眼
如何一往終天不返寂寂高堂何時復踐藐藐

孤女曷依。曷恃。煢煢遊魂。誰主誰祀。奈何程妹於此永已。死如有知。相見蒿里。嗚呼哀哉。

祭從弟敬遠文

歲在辛亥。月惟仲秋。旬有九日。從弟敬遠。卜辰云窆。永寧右土。感平生之游處。悲一往之不返。情惻惻以摧心。淚愍愍而盈眼。乃以園果時醪。祖其將行。嗚呼哀哉。於鑠吾弟。有操有槩。孝發幼齡。友自天愛。少思寡欲。靡執靡介。後己先人。

臨財思惠。心遺得失。情不依世。其色能溫。其言則厲。樂勝朋高。好是文藝。遥遥帝鄉。爰感奇心。絶粒委務。考槃山陰。淙淙懸溜。曖曖荒林。採上藥。夕閑素琴。曰仁者壽。竊獨信之。如何斯言。徒能見欺。年甫過立。奄與世辭。長歸蒿里。邈無還期。惟我與爾。匪但親友。父則同生。母則從母。相及齠齒。並罹偏咎。斯情實深。斯愛實厚。念疇昔日。同房之歡。冬無縕褐。夏渴瓢簞。相將以道。

相開以顔豈不多乏忽忘饑寒余嘗學仕纒緜
人事流浪無成懼負素志斂策歸來爾知我意
常願攜手寘彼衆意每憶有秋我將其刈與汝
偕行舫舟同濟三宿水濱樂飲川界靜月澄高
温風始逝撫杯而言物久人脆奈何吾弟先我
離世事不可尋思亦何極日徂月流寒暑代息
死生異方存亡有域候晨永歸指塗載陟呱呱
遺稚未能正言哀哀嫠人禮儀孔閑庭樹如故

思悅曰：此文乃靖節之絕筆也。

蘇東坡曰：淵明自祭文出妙於纊息之餘，豈涉死生之流哉？

齋宇廓然，孰云敬遠，何時復還？余惟人斯，昧茲近情，著龜有吉，制我祖行，望旐翩翩，執筆涕盈。神其有知，昭余中誠。嗚呼哀哉！

自祭文

歲惟丁卯，律中無射，天寒夜長，風氣蕭索，陶子將辭逆旅之館，永歸於本宅，故人悽其相悲，同祖行於今夕，羞以嘉蔬，薦以清酌，候顔已冥，聆音愈漠，嗚呼哀哉！茫茫大塊，悠悠高旻，是生萬物。余得爲人。自余爲人。逢運之貧。簞瓢屢罄。絺綌冬陳。含歡谷汲。行歌負薪。翳翳柴門。事我宵晨。春秋代謝。有務中園。載耘載耔。廼育廼繁。欣以素牘。和以七絃。冬曝其日。夏濯其泉。勤靡餘勞。心有常閒。樂天委分。以致百年。惟此百年。夫人愛之。懼彼無成。愒日惜時。存爲世珍。沒亦見思。嗟我獨邁。曾是異茲。寵非已榮。涅豈吾緇。捽兀窮廬。酣飲賦詩。識運知命。疇能罔眷。余今斯化可以無恨壽涉百齡身慕肥遁從老得終奚所復戀寒暑逾邁亡既異存外姻晨來良友宵奔葬之中野以安其魂窅窅我行蕭蕭墓門奢侈宋臣儉笑王孫廓兮已滅慨焉已遐不封不樹日月遂過匪貴前譽孰重後歌人生寔難死如之何嗚呼哀哉

陶靖節集卷之八終

ISBN 978-7-5010-6449-6

9 787501 064496 >

定價：95.00圓